U0902539

夏日再会

summer farewell

曾良君

著

南海出版公司

2019 · 海口

图书在版编目（CIP）数据

夏日再会 / 曾良君著 . -- 海口 : 南海出版公司，2019.10

ISBN 978-7-5442-8074-7

Ⅰ . ①夏… Ⅱ . ①曾… Ⅲ . ①散文集－中国－当代 Ⅳ . ① I267

中国版本图书馆 CIP 数据核字（2019）第 161843 号

XIARI ZAIHUI
夏日再会

作　　者　曾良君
责任编辑　张　媛
装帧设计　李　渔
出版发行　南海出版公司　电话：（0898）66568511（出版）（0898）65350227（发行）
社　　址　海南省海口市海秀中路 51 号星华大厦 5 楼　邮编：570206
电子信箱　nhpublishing@163.com
经　　销　新华书店
印　　刷　北京虎彩文化传播有限公司
开　　本　889 毫米 ×1184 毫米　1/32
印　　张　7.5
字　　数　152 千
版　　次　2019 年 10 月第 1 版　　2019 年 10 月第 1 次印刷
定　　价　58.80 元

目录

Contents

Ⅲ　大世界　125

后记：捕蝶网　

自序：人生赏味记

这是我第四次给自己的书写前言后记了，我不知道别的作者是怎么处理这个问题的，我的话，在得到较为确切的出版的消息后，就会一口气把前言和后记写完。我也曾经想过，是不是找个别的作者朋友来写比较好，他们出于现实世界里的那套社交潜规则，肯定会将本书适当地吹嘘与夸赞一番，对我大有好处，后来我仔细想了想，如果是这样的话，他们的话应该印在书腰上才对，于是前言后记还是要我自己来写。

这本书收录的都是我2016年之后的作品，2016年本身是相当低产的一年，那一年开始，我的留学生涯进入到了后半程，课程与考试都相当之密集，我整日整夜都在做题与写作业中度过，做题指的是做数学题和物理题，写作业指的是画图和建模。我从一种焦虑平滑至另一种焦虑，从一种枯燥过渡到另一种枯燥，生活被切成了完整的大块，教室与自习室好像磁带的 AB 面，放完 A 面放 B 面，“咔哒咔哒”无缝切换，很累却睡不着，教堂的钟声在我脑海中不停歇地响起，黑森州的布谷鸟钟每秒钟都要探出头来报时一次。

我常常觉得人生好像已经过期了，我在当下过着一种本应存在于过去的生活。但与此同时，大人们，我的意思是真正的大人们，在我二十四岁的时候就老对我说，你都二十四岁啦，四舍五入就三十了，你到底还要吊儿郎当到什么时候？虽然我不明白我怎么就已经三十了，但总之，当下又毫无征兆地变成了遥远的未来。

而属于我的当下呢，当下似乎反而陷入到某个时间的缝隙中，找不到抓不住了。

到了 2016 年下半年，为了修满足够的学分申请毕业，我需要频繁地进行小组讨论应对考试，生活裂成了许多小碎块。我下课后回家吃晚饭，吃完背上书包，搭乘小火车来到市中心换乘地铁去往主校区，然后在主校区的露天中庭一边讨论一边写作业，天气炎热，蚊虫很多，夜晚时分空气中弥漫着比萨和帕尼尼的奶酪火腿味，接着是咖啡和可乐的味道，最后都归于白噪音下的汗水味，午夜十一点前会走掉一波人，剩下的人们则渐渐失去了交谈的兴致和力气。

就是这样的某个凌晨三点，当我在学校写完作业站起来时，我发现目之所及，并没有人还在继续学习，周围的欧洲学生们，他们只是在打牌、看电视剧和喝啤酒，虽然我不明白为什么这些事情不能回家去做，但反正事实就是如此。很难讲，是你背着满书包零食来到学校等着去秋游，结果发现大家都端坐在座位上严阵以待马上要开始的期末考比较令人恐惧，还是你背着满书包复习资料去学校参加期末考，结果刚到校门口就发现同学们都在大巴车上兴奋地谈论着一会儿要去的秋游地点更让人恐惧。

我的生活究竟是何时开始错位了呢？

在此，我不得不引用艾弗利德·德索萨说过的一段话，“很长一段时间，我的生活看似马上就要开始了，真正的生活，但是总有一些障碍阻挡着，有些事得先解决，有些工作还有待完成，时间貌似够用，还有一笔债务要去付清，然后生活就会开始，最后我终于明白，这些障碍，正是我的生活。”

属于我的当下在哪里呢？在这些混杂着过去与未来的日子里，在这些错位的欢乐与焦虑中。

就如同我在欧洲对我的家乡产生了新的思考，但当我结束全部的留学旅程归家的时候，我却回忆起了更多的欧洲。

在本书中，约有一半的作品是随笔，另一半则是短篇小说，有的非常好分辨，有的则让人疑惑，不过没有关系，它们一定是在某个当下真实发生过的。

2019 年 1 月 15 日

Ⅰ 小辰光

◇在人间已是癫，何苦要上青天

◇四百击

◇日子过得怎么样，人生是否要珍惜

在人间已是癫，何苦要上青天

毫无疑问，如果说我身上有一些反社会和恐惧社会的基因或是特质，这一切都源自我爸，一个度过了漫长的失败岁月，并且会一直失败到人生最后一刻的人。

我爸的性格就是阴阳怪气，爱好就是抽烟喝酒搓麻将，从来没有任何一件事情值得他为之奋斗和努力，他漫不经心地对待一切，笑看这个人世间的风起云涌，既不为自己的失败而自豪，也不为自己的失败而自卑，绝不听取任何一个人的意见，也绝不为任何一个人而改变自己，从个人层面上来看，可以说是赢得了人生的大满贯也不为过。

他对很多事情，大到一个时代的发展走

向，小到邻里之间的鸡毛蒜皮都充斥着一种错误的预判，这无疑造成了他人生的节节败退。唯独对我，一针见血，很早，在我尚且还是个圆脸小可爱的时候他便说，这个小孩不行的。后来，我慢慢长大了，应验了他的预判，各方面都非常不行，青出于蓝，很快就在失败这件事情上超过了他，现在我年纪轻轻的，便已经是全家最失败的人了。

和内心满是怨气，把所有错都怪到社会头上的我不同，我爸既无渴求也无诉求，内心非常 Peace，Love & Peace，Fresh & Sweet ，日子潇洒又自在，一个人就是一个江湖。而我的生活则是乌烟瘴气、一团乱麻，在焦头烂额中堕向痛苦的无底深渊。

在那个年代，也就是我小的时候，黄金的九十年代，以我不成熟和充满偏见的视角看去，男人们普遍都不珍视自己的家庭生活，或者说压根儿不理解什么是家庭生活，又或者是他们对家庭生活产生了一种奇怪的误解，连《变形金刚 5》这样的爆米花电影都知道"Without sacrifice，there can be no victory"。但九十年代的男人们却天真地以为，什么东西都可以不付出代价地拥有，在他们看来家庭生活也不过就是单身生活的加强版，多了一个女人一个小孩而已。

一场球赛、一部电影、一个牌局就可以把他们召唤到一起，搬来两箱啤酒，有钱时喝百威没钱时喝太湖水，三五个下酒菜，通常是花生米、盐水毛豆、拍黄瓜、卤水鹅、猪耳朵，就可以大声吵闹一整晚，直到凌晨，被各自的老婆咆哮着叫回去才算完。

这还算是体面的，那时候的人们普遍没有清晰的界限感，换作现在，没有特殊情况要和别人的老婆做朋友是件很奇怪的事情，但那时，好像天然地便会觉得，朋友的老婆也算是我们的朋友了，既然大家都是朋友，那我们在你家通宵看球、喝酒、发疯也就没什么了。于是，不体面的情况就是被朋友的老婆在小孩的号哭声中，在震耳欲聋的球赛现场直播声中，在一个晨光还未亮起的凌晨，歇斯底里地、撕破脸皮地赶出家门。

自从我爸和一众朋友们被赶出去了两三次，和朋友的老婆，那时也算是他们所认为的自己的朋友彻底撕破脸，被对方恶狠狠地辱骂为“狗屁朋友”“混账东西”“有他们没我”“棺材板没有盖严实的玩意儿”后，在我爸的邀请下，他们开始把阵地转移到我家。

这是一种很难理解的行为，放到现在只要不是毫无廉耻和丧心病狂的人都不会深更半夜在别人家大声喧哗，但那时，不知道怎么回事，好像这就是理所当然的事情，不管是不是工作日，不管你的小孩有多小，你老婆明天是不是要起大早出门工作，不管对方表现出多少忍耐和暗示你们早点离开的意愿，都完全没有用，空气中充斥着一股及时享乐的豪情。

一开始我爸及他的朋友们企图迷惑我妈，称她为“够意思、懂事的朋友”，接着又夸赞她“识大体，谈得来”，最后索性拉她入伙一起喝啤酒、搓麻将，发展为真正的自己人，而我就被摆在卧室里，隔岸听涛，不管我号哭还是抗议，不管他们是好言相哄还是直接揍我一顿，那段时间里，一到晚上我家客厅始终涛声依旧。

但我妈牌品不好，一输便急，一急便破口大骂，一破口大骂就撕破脸皮不管不顾，一来二去，大家便觉得我妈这个人“没意思，输不起”，也就不再带着她一起玩了。慢慢我妈也就清醒过来，察觉到往日情谊的虚假，在一个深夜，冲进客厅把麻将桌给掀了，“你们通通给我滚”“棺材板没有盖严实的玩意儿”“狗屁朋友”“混账东西”“有他们没我”，如此这般，朋友们才渐渐消散在夜色里，循着月光回了各自的家。

尽管我妈表现出一副歇斯底里的气急败坏来，但是没有什么事情能让我爸生气，他面色平静，摆出一副“我现在要和你讲道理”的样子来，“你不能这样，这样很不给我、给大家面子。”

“赵志新，今朝①不给你点颜色看看，我看你是不晓得厉害了！”

“我怎么会不知道你的厉害呢，今天大家不是都看到了吗？”我爸说话立刻阴阳怪气起来。

---

①今朝：吴方言，名词，表示今天。

“你什么意思？”

“我什么意思你还不清楚吗？明天整个厂里的人肯定都会议论你是多么的厉害。”他继续面不改色心不跳地讥讽我妈。

“你的意思是你没有错，反而是我今朝丢人现眼了？”我妈的声音立刻尖利起来。

“我没有这么说，这话是你自己说的，我只是夸你厉害。”

朋友们不能再来了，可浪迹江湖、纵情享乐的豪情却还在，没过多久，我爸想通了，躺在哪里不是躺在夜里？于是他下班后便出去喝酒吹牛，有时候睡在别人家里，有时候醉倒在大街上，有时候随着自行车一起从桥上滚落，有时候迷迷糊糊去到了自己爸妈家，可以说是越发恣意生活、享受人生了。

一开始我妈还要时刻守在电话前，还要挨家挨户出去找人，还要带着我一起去爷爷奶奶家哭诉，还要在别处的朋友家发飙，等我爸回到家里，还要进行一次旷日持久的大战。历史的规律告诉我们，不同的意识形态之间是不可能融合的，而大家普遍有一种厌战情绪时，冷战的铁幕便轰然落下。也许是受到了我爸的启发，也许是看《西游记》时突然福至心灵被吴承恩的话所打动，正所谓“一叶浮萍归大海，人生何处不相逢”。为什么要在家里苦苦等候呢？为什么要为了一个怎么说都不听的老公心力交瘁呢？不如自己也出去笑傲江湖好了，有缘自会相见。

毫无疑问和姐妹们去夜总会唱歌跳舞就是那时最时髦的娱乐活动了，互相吹捧互相送花，大金属球闪耀跳动之时，跃入舞池，在震耳欲聋的乐声中群魔乱舞、胡乱扭动便是最快乐的时光了，好像有了属于自己的人生，好像拥有了快乐的瞬间，好像自己仍然青春年少，又好像自己正在港剧《我和春天有个约会》中，这一切在快速变换的灯光中不知真假。

有时我妈心血来潮会和我一起在舞池前的点歌机上合唱，但无奈我从小便五音不全，唱歌基本是在不着调地无意义乱吼，因此很快我就被剥夺了唱歌的基本权利，存在的意义只是为了拼命吃果盘，和别的小朋友一起等着服务员来分发怪味花生豆。

即便因为对家庭生活的理解有着本质上的分歧，而进入漫长冷战期的爸妈，还是会在有合适机会的情况下一起出游，比如说去朋友的夜总会里唱歌，听着很难理解，为什么要去夜总会里唱歌，大概是那时候还没有专门的 KTV，又或者是因为唱完歌还可以看漂亮的小姐姐们跳舞，之后还可以再去夜总会自带的浴室里洗澡蒸桑拿，谁知道呢，反正那是黄金的九十年代。

每个人都有几首很偏爱的歌，不管和这些人去唱多少次，过去多少年，好像永远就是那么几首，譬如《梅花三弄》《风中有朵雨做的云》之于我妈，《新鸳鸯蝴蝶梦》之于我爸。

不知道是因为 1993 年华视的电视剧《包青天》太过成功，

让我爸很是喜欢，爱屋及乌《新鸳鸯蝴蝶梦》这首歌，还是因为他也觉得“昨日像那东流水，离我远去不可留，今日乱我心多烦忧”，反正他次次都唱，站起来，认真握着话筒，看着屏幕里的黄安，唱到“花花世界鸳鸯蝴蝶，在人间已是癫，何苦要上青天”时眼神中有光在闪动，那时候还没有人能够知道未来的日子，有许许多多想象不到的事情……

也许歌词就预言着人生吧，“看似个鸳鸯蝴蝶，不应该的年代，可是谁又能摆脱人世间的悲哀”，这个故事告诉我们，不要轻易选定你的人生之歌。

日子仍旧在跌跌撞撞中继续前行，时间对谁都是永恒的公平，我也不再是一个无忧无虑的小孩了，正如作文开头写的那样，岁月如梭，时光飞逝，我也到了该上学前班的年龄了。

学前班是这样残酷，仿若社会的缩影，又仿若我人生的一场预演，我每日号哭着去，又号哭着回来。我是这样的能哭，渐渐大家都对我失去了耐心，在家被扔在地板上，在学校被锁在厕所里，又过了些时日，已经没有人再记得我叫赵曾良，人人都喊我“号哭鬼”，不晓得他们有什么资格这样喊我，我瞧他们大抵是连“号”字怎么写都不晓得的。

就是这样平常的、令人心碎号哭的又一天，我经历了人生中最为漫长的一个放学，从天亮号哭到天黑，从天黑号哭到深夜，看着小伙伴们一个个被领走，我从校门口哭到保安室，从保安室哭到门卫间，总算赶在一天过去前把我妈给盼来了。

我妈揪着我气势汹汹去找我爸，很快便在邻居家找到了正在快乐搓麻将的我爸，我爸见到哭得只会打嗝的我展现出一副如梦初醒的表情来，但不愧是我爸，很快就镇定了下来。

我妈："我今朝要出差，让你去接，你怎么不晓得去幼儿园接？整天就晓得搓麻将，死在麻将桌上算了！"

"你不要激动。"我爸徐徐站起来。

"我怎么能不激动，我不是你，没有良心！你晓不晓得这样孩子是要被人贩子拐掉的，你没有良心！"

"孩子没有被拐掉，现在也好好的。"我爸看着我，耐心问道："你被人贩子拐掉了吗？"

我："嗝。"

"我现在就想问问你，你为什么就是不去接，这难道不是你的孩子吗？你到底是为了什么，每天脑子只有吃喝玩乐。"

"弗[①]是的，"我爸义正词严道："弗是这样的，你说的是今朝要去幼儿园接小孩，今朝……"低下头看了一眼手表，"今朝还没有过去，我不算食言。"

于是我妈立刻像一头豹子般扑上前，揪着我爸开始猛打猛踹，我爸一边逃窜一边嘶喊，"你不要打人，有话好好讲！"

第二天，大家都说，老赵家的家主婆较关凶[②]，又说我妈

---

①吴方言，副词，表示否定。

②吴方言，形容词，形容女子比较凶悍。

石骨铁硬，像个母大虫。做家长有时候就是这样的，比较负责任的那个人，就会不讨人喜欢，受到更多的非议和误解，真是令人感到心力交瘁、身心俱疲啊。

原本我妈一直担心和诅咒我爸早晚有一天要死在麻将桌上，但她显然低估了我爸“识时务者为俊杰”的程度。不知从哪一天起，命运之神决定不再眷顾我爸了，于是我爸每搓必输，搓一场输一场，输一场搓一场，连续两个月把工资输得分文不剩，全家拢共只剩下五十块钱，可以说真的到了吃了上顿没下顿的程度，只好各自灰溜溜地想办法去各处蹭饭度日。在昔日同学同事都越过越好、蒸蒸日上的时候，我家越过越差，越过越穷，终于 Literally 连饭都吃不起了。

在这样接连的打击下，我爸终于意识到自己是霉鬼体质，人生中不可能有什么好事在等着自己了，再说了，已经到了生死存亡的时刻了，饭总不能不吃吧，退一万步说，自己也不是只有搓麻将一个爱好，以后专心抽烟喝酒就好。就这样，很短的时间内，我爸也就不再搓麻将了，这就叫作我们不用很麻烦很累就可以戒掉搓麻将、戒掉赌博，当然也从侧面说明了，人有几个不同的爱好是多么的重要。

自从不（méi）去（qián）搓麻将后，我爸空出了大段的时间，这时单位领导发现了赵志新同志好像很闲的样子，于是让他去报名参加成人高考，提高单位员工素质。这在当时是不得了的上升途径，九十年代并不像现在这样，高等教育已经普及，上了点年纪的人没几个是正经大学毕业的，当个在职大学生也是很了不起的事情。不知道我爸具体是怎么考虑这件事情的，我猜他的想法应该是，闲着也是闲着，那就去吧。

考到最后一门，我爸很是悠哉地提着准考证和一支笔就去了，路过自己的小朋友（就是认识很久、关系很好的朋友）家，小朋友们正坐在庭院里喝啤酒吃花生，见了他便招呼道：“喂，赵志新，一起来喝啤酒啊！”

我爸道：“不了，一会儿要去考大学呢。”

小朋友们便哈哈大笑起来，“你考什么大学，天气那么热，快来喝啤酒吃花生米吧！”

我爸略微寻思了几秒，觉得很有道理，天气那么热，为什么要去考大学，应该喝啤酒吃花生米，于是他便快乐地加入了他的小朋友们，喝起了啤酒，吃起了花生米，将大学抛去了九霄云外，也许他想的是……反正……反正命运之神也早就放弃了他，他这样做，不过是将了命运之神一军。

后来我们谈起这件事情，我问我爸：“你到底是本来就考不上才自暴自弃去喝啤酒，还是本来能考上，自己选择不去考的？”

我爸阴阳怪气道：“我又不是你，我怎么会考不上大学！”

我：“……”

自打放弃考试，人生从此和读书这件事绝缘后，我爸便转而开始唱衰我，我上小学的时候他讥讽我“日日背个盐书包装模作样，一过河全要露相”；等我上了初中，他又迫不及待鼓动我毕业后去读个技校，这样早早赚钱不要太合算，他常说，金山银山不如一技之长，但是我不为所动，还是想要金山银山，我爸便恨铁不成钢道：“你怎么就不懂呢，这个啊……爸妈留给你的金山银山，那你早晚都是要吃空的，只有这个手艺，手艺可以陪你一辈子，让你一辈子有饭吃。”

我：“哦，这个啊，这个不冲突的，你先留给我金山银山，我再有个一技之长不是更好。”

“你不懂，‘授人以鱼不如授人以渔’这句话听过吧？”

“可是你能教我什么，隔壁陆之君的爸爸还能教陆之君修黑白电视机，但以后大家都不看黑白电视机了吧。”

我爸循循善诱道：“黑白电视机虽然会过时，可是小汽车不会过时，你去读个技校，学个汽车修理吧，一辈子就有饭吃了。”

“我不要。”

“那你要什么？”

“我要躺着天上掉钱。”

等我中考结束，他作为我爸，第一时间跳出来关心我、鼓励我，“你这不是癞蛤蟆想吃天鹅肉嘛，哈哈哈哈哈哈哈。”毫无疑问，春风般的诙谐和温暖。

成绩出来后，由于我的成绩比我爸（靠想象力）估出来的高了三百多分，他便怀疑我为了自己脆弱的自尊心，悄悄输入了别人的准考证号，出于对我负责任的态度，他第一时间将他的担心告知了我妈，我妈大惊失色，于是两人合力摁着我的脑袋，亲自对着我的准考证，一个数字一个数字地确定，又打了数个查分电话，由于分数还是一样的分数，我爸便怀疑我使用了某种黑魔法，置换了他人的分数，这个世界上有另一个可怜的中学生，被我偷取了分数正在暗自哭泣，又怀疑我使用了另一种黑魔法，使得系统出错，将第一个数字由 3 变成了 6……他陷入了种种推理而不可自拔，是这样走火入魔，以至于差点去教育局举报我。等查分电话打到第七个的时候，我妈终于忍无可忍，豹子一样冲上前和他大吵一架，让他适可而止，不要太过了，做这些事情的时候也不想想，查分电话打一个到底有多贵。

由于我最终没听他的话去技校念汽修专业，也由于我妈是这样一个“石骨铁硬”的人，渐渐地我爸对家庭生活失去了全部的信心，抽烟喝酒虽好，但这类时时要消耗钱财的爱好也不能总是进行，于是他寄情文学，在看到《大旗英雄传》第二十七回麻衣客唱歌时，他终于放下心中执念，大彻大悟了。

那麻衣客唱道：“人生也有百年，为何不值留恋？须知天上神仙事，总是虚虚幻幻，有谁能眼见？怎比得眼前金樽、被底红颜？但得人生欢乐，神仙也不换。”

被底红颜是不想了，可是眼前金樽……金樽……樽……是了！人生这样苦，不如纵情喝酒吧！大师不愧是大师，指出了一条人生的明路。

大概是那时候两岸通讯还不便利，又或是网络搜索还不如今日这般发达，他未曾得知古龙大师在1985年9月的遭遇，还以为乔奇的挽联“小李飞刀成绝响，人间不见楚留香”和“飞雪连天射白鹿，笑书神侠倚碧鸳”是一个意思。

总之那时，他日日下班后小酌，有时就是大酌，克制一点是微醺，纵情尽意便是酩酊大醉，他从姑苏城的这头醉到那头，从这个小巷跌跌撞撞到那个小巷，醉在哪里不是醉在夜里？

由于他是这般的浑浑噩噩，又对一切失去了信心，我妈便终日感到焦灼，时时同他大吵，他烦不胜烦，又在自己的命运之歌《新鸳鸯蝴蝶梦》中找到了解决方法，“在人间已是癫，何苦要上青天，不如温柔同眠”，不如温柔同眠……同眠……眠……眠……眠……对啊！只要睡过去，一切不都解决了嘛！

福至心灵了一把！于是在又一个激烈争吵的下午，我爸边吵边慢慢挪向床边，在我妈情绪即将爆发的一个瞬间，他眼疾手快，一下蹿上床，迅速抖开被子，将自己严实盖住，

“好了，我要睡觉了。”行云流水，一气呵成。

正在客厅写作业的我，瞬时惊呆了，我妈也惊呆了，气氛刹那间降至冰点，场面马上就要失控了，只见成群的乌鸦在头顶以上一米的空气中来回飞。

我爸闭着眼睛，神态安详，岿然不动，只差要在他身侧摆上四十八瓶 XO。

不知他心中，是否回荡着这样的歌声：“但得人生快乐，神仙也不换。”

就这样，我爸靠着如此这般的种种大彻大悟，蹚过了一年又一年，始终在河里摸鱼，没有上岸，证明了这也没什么大不了的，不用害怕。等我慢慢长大了，上了大学后，我爸便时时敲打我，“朋友，养儿防老，是时候了。”我马上惊恐万分地回答道：“这……我……我也很穷啊，我看还没到时候吧。”后来我远去他乡念书，我爸也不忘通过微信敲打我，“朋友，养儿防老，是时候了。”没想到我大学一念许许多多年，他终于对人生放弃了最后的希望。

我爸便是这样一个潇洒的人，用实践证明了“只要肯放弃，世上无难事”，那么，让我们唱起歌来吧：“是要问一个明白，还是要装作糊涂，知多知少难知足。”

四百击

如果你问我最恨什么，这个问题一下子很难回答，反正人到中年，由于自己不行的缘故，开始怪社会、怪命运，慢慢就开始恨一切，乍问最恨什么——就好比别人问你“你最喜欢哪部电影啊”，不是硬着头皮随便胡诌的话，又怎么回答得上来？平日里那些我最喜欢、最讨厌都是随便说说的，白驹过隙般的人生，其实什么都是随便。

五花肉最好吃了——人类文明的精髓。

暖气最棒了——人类文明的瑰宝。

我最喜欢膨化食品了——人类智慧的结晶。

没有比夏天喝冰可乐更快乐的事情了——凝聚人类文明进程的核心。

那么我讨厌什么呢？我最讨厌写作业了，但有时候也还好，比如抄单词、抄课文这种不动脑子的作业，我就比较喜欢，感觉自己在从事某种文化活动，但又不需要动用我所剩不多的脑容量。说起来我其实更讨厌早起，但是早起出去玩……那又让人快乐而期待，比早起还讨厌的就是……就是集体活动，大型尴尬现场，手足无措，言语混乱，两个小时的集体活动消耗精力之多，足够虚脱三天。

那么我最恨什么呢？我恨别人取笑我懦弱又愚蠢，不过他们说的是事实，我姑且可以不计较。我恨亲戚们总是轻慢讥讽我家，因为我家比较穷，但这也是事实，有点无可奈何……对了，我最恨别人冤枉我，简直是恨得咬牙切齿，但就如同QQ空间语录里说的那样，人生无非是笑笑别人再被别人笑笑而已，我一样冷嘲热讽、上蹿下跳在背后大讲特讲别人的坏话，有时候给别人安上莫须有的罪名冤枉他们却毫不在意，就像著名言情小说大师亦舒在《圆舞》里说的那样："不知谁说的，欺侮人的人，从来不记得，被欺侮的那个，却永志在心。"

我明白了，我最恨的就是写检讨。

十三岁，一个非常普通的晚上，吃过晚饭，爸妈都不在家，我开始例行打电话给同学抄作业，"不是，那道题你写了没有？我没写啊……你先报一下选择题答案给我，我待会儿再给你抄物理作业。”

一边歪头用肩膀夹住电话，一边随手拿起柜子上的一支蓝色圆珠笔，笔头，就是那颗小圆珠掉了下来，我也是第一次见到圆珠笔会这样坏掉，通常它们只是写不出字来而已。随着笔头的掉落，蓝色的笔油缓缓淌了出来，很快流到了我的手指上，我赶忙放下笔，笔油又接着肆无忌惮地流到了柜子的木夹板上，我告诉同学等一等，随即取过纸巾把笔包了起来，再擦了擦自己的手，接着解决眼前的人生大事——抄作业。

等我抄完作业，圆珠笔也淌完了最后一滴油墨，静静地干涸了，在夹板上形成了一摊不大不小的污渍，深蓝的底色上泛着金红色的金属光泽。

我走开了，也没有把这件事情放在心上，的确是弄脏了柜子的夹板，但在我看来，这不是什么大事——家嘛，不用干净得像样板间一样，经年累月地生活在其间，就会出现经年累月使用的痕迹。

我不知道该怪自己太年轻，还是该怪命运太无常，谁能预料到这件事情在我人生中的严重性和重要性呢？

两个小时后，我妈先回来了，她一进门便注意到了那摊污渍。

“你为什么要弄坏圆珠笔？”她阴沉着脸这样发问。

“我没有弄坏圆珠笔啊，是它自己坏的。”

“天大的笑话，我活了那么久就没有见过圆珠笔会自己坏掉的，怎么到了你手里，就自己会坏掉了？”她在“自己”那两个字上拔尖拔高了声音，这是一种非常危险的信号，意味着她很快就要控制不住自己的情绪了。

“那总有你没见过的事情吧……”我恢复了我一贯懦弱的样子小声辩解道。

“你平时就总是玩笔，不要以为我不知道，没事就瞎涂瞎画，这笔不要钱，这纸不要钱吗？我让你上学就是让你拿着笔拿着纸去瞎涂瞎画的？”当我妈用这种逻辑语境说话，就代表她开始情绪失控了，接下来她一定会说“我把钱花你身上不如扔在河里，我还能听个响”云云……

每当这种时候，没有理她就是不讲道理的，有理她就是得理不饶人的，她会非常熟练而且声色俱厉地快速进入她所熟悉的领域中，先上纲上线，再扣大帽子。

比如说她很快拔高了八度声音质问我道：“你为什么要说谎？我让你去上学是为了让你学说谎，为了让你破坏东西的吗？你现在因为一支圆珠笔说谎，长大就会因为一百块钱偷窃！”她双手有力地摆动，她从屋外裹挟而来的冷气一阵阵朝我扑来。

我不知道要怎样度过今晚。

“我在跟你说话！回答我，为什么你要说谎？”她越发严厉起来，眼睛瞪得浑圆。

“我没有说谎，我拿起来的时候它就已经坏了。”我没有再试着证明自己，我只是在徒劳地挣扎。

“你说谎！”她因为情绪激动而破了音，“你还敢说谎！”

“我没有说谎。”

我挨了第一轮揍。

“一支笔难道就不是钱吗？”她脱下外套，脸涨得通红，经过了一番“家庭亲子运动”，大家都感觉不是那么冷了，“你是不赚钱，你知道爸爸妈妈赚钱有多辛苦吗？”

“大家都很辛苦。”

“你不知道！”她又厉声喊起来，“你要是知道你就不会无缘无故去弄坏一支笔！”

情绪发作的时候必须是要有周期性起伏的，好比唱歌剧，最起码要唱满四幕吧，不然就没有办法落幕，一个道理。

今夜注定漫长。

第三幕：

“我们没有本事教育你，”我妈显出哀莫大过心死的表情来，“你以后爱怎么样怎么样，你就怪你自己投错了胎，我们家太穷，你要是生在首富家，你爱弄坏一百万支笔都随你！”

“我为什么要去弄坏一百万支笔？”

“我们一块钱一块钱地从牙缝里挤钱，无非是希望你能学好，我们何时亏待过你，你为什么要这样奢侈、浪费成性？我上辈子做错了什么，你现在要这样？我就是把钱全部都扔进河里，我还能听个响，我把钱扔在你身上，我得到了什么？一个说谎胚子！你现在说谎，以后就要偷钱的你！”

“可是我真的没有说谎，再说了，大家都说谎，可不是人人都偷钱。”

“看来你准备好以后要偷钱了。”

“不是的……我……”

我妈拖过一把椅子，重重地摔在我房间的地板上，便宜货地板顷刻间被砸出两个凹坑，这会儿不晓得她为什么一点也不心疼了，“我今天就坐在这里看着你写检讨，你不写，我不走，我们就这样耗着，耗到天亮！”此处“天亮”两个字厉声上扬并且破音。

“我不写检讨，这又不是在学校，你也不是老师，我为什么要给你写检讨……”

话音未落，我挨了第二轮揍。

“好，我写检讨，有话为什么不能好好说？”我边号啕大哭边拿出草稿纸和水笔开始写检讨，可是我到底要写什么呢？我到底要检讨什么呢？检讨我为什么要出生在这个世界上，以及生活为什么是这样随机性地苦吗？“虽然我写检讨，但笔不是我弄坏的。”

此处挨了一个中场休息般的揍。

第四幕：

由于我数学经常考不及格，所以我经常写检讨，因此我可以毫不谦虚地说，我是一个写检讨的个中好手。写检讨，贵在真诚，断然不能文采飞扬，否则显得自己太过高兴，而且有炫技的嫌疑，要沉痛、悲哀、肃穆，好比在葬礼上致辞，诚恳、简单、追忆往昔，以及最后的，表达我们以后要更好地生活的愿景。

我真希望以后我能亲自在自己的葬礼上给自己致辞，没有比我自己更好的人选了。

我是这样写我的检讨的：

妈妈，我首先给您说声抱歉，我在您和爸爸出门的时间里，不好好学习写作业，而是边打电话边拿起了柜子上的圆珠笔，导致里面的墨水流了出来弄脏了我们家的柜子，如果当时我能够眼疾手快……

“你打电话干什么？”

“和同学联络感情。”

“你是去上学的，还是去和同学联络感情的？要不要我专门给你们办个茶话会啊？”

“不用了。”

“你不要避重就轻，你说说你为什么要弄坏笔，这支笔你怎么就看它不顺眼非要弄坏它？”

“我没有弄坏它。”

我挨了今晚第四顿揍，嘹亮地哭了起来。

我妈：“你不准哭。”

“为什么哭都不准，法西斯都不这样啊。”我继续嗓音嘹亮地哭。

“你哭就是对我有意见，你凭什么对我有意见，我管你也是为你好，将来你没有成为杀人犯，你是要感激我的！”说着我妈以拔刀的速度举起了她的皮拖鞋，作势要打我第五次，因为拖鞋是皮的，我也已经被打了四次了，实在是很累了，我立刻就闭嘴了。

我妈累了，“就这样吧，我管不动你了，明早我要看见检讨，不写完不准睡。”

夜已经很深了，她去休息了，一会儿我爸也回来了，我妈绘声绘色、添油加醋地告诉我爸，我是如何顽劣不堪，硬生生、无缘无故地弄坏了一支圆珠笔，我爸探头进来，“你为什么要说谎？”

很快，一切又恢复了宁静，而我，要写检讨还有未完成的作业。

难忘今宵了！

第二天，我可能是睡在了书桌上，又可能是趁人不备悄悄也去睡了，反正早上出门时，发现没人注意我，我立刻把检讨给揉了扔进垃圾桶里。

简直是丧权辱国！不平等条约，把我活生生逼成了李鸿章，让我担这千古骂名，我一边骑车上学，一边心里恨恨地想着。

第二天晚上，也就是另一个普通的十三岁的一天，我回到家里，我妈正在（对着我爸和另一些不存在的观众）极其兴高采烈地朗读从我垃圾桶里捡出来的检讨书。

"我以我的人格发誓，我真的没有弄坏那支圆珠笔，但是我还是真诚地为我的所作所为道歉，希望大家能够再原谅我一次，我今后一定……"

她笑得前俯后仰，夸张的笑声在小小的屋子中四处折射撞击，变成无形的声波利刃，切割着我的人格尊严、青少年自尊、一点小小的侥幸心理、今晚写作业的心情等。

我爸自始至终，保持着一种似笑非笑的拈花微笑状，以我对他的了解，他的心思应该早就飘到了电视机里的漂亮小姐姐身上。

我最恨写检讨了。

经过一番对人生的回忆与思考，我觉得我现在可以回答这个问题了，我最喜欢的电影是什么呢？

弗朗瓦索·特吕弗的《四百击》（*Les quatre cents coups*）。

日子过得怎么样，人生是否要珍惜

早年间这里还没有铺上水泥地，长着青苔的砖一块块竖着插入土中，每逢下雨天，空气里便细密地穿插着泥土、青苔、腐烂树叶和下水道的气味。

低矮错落的房屋紧紧相连，由于瓦檐挑出不够的缘故，白粉墙上氤氲着不同程度的青苔和霉斑。不知从何时起每家每户都在屋门前安上一盏小小的灯，往往只有一个电灯泡，用作夜幕降临时指引未曾归途的旅人用，或是给他们贪玩夜归的小孩照明用。姑苏城内的夜幕是一层一层叠加着降临的，湛蓝的天空像透明的水彩画那样层叠起来，橘的、紫的、靛的，站在弄堂里，抬头望去，窄窄的、被参差的屋檐所划分而出的一长条天空，又被不远处交错的电线所分割，偶有飞鸟掠过。

后来我长大了，常常会想，这里像哪儿呢？在我童年时代记忆里的这条巷子像哪儿呢？像是枝裕和的《海街日记》，像是永远弥漫着青春气息的镰仓。

我的外婆家就在这条小巷的西侧，自打我有一些清晰的记忆起，外婆就是一个整日在那里装模作样的、凶巴巴的阿婆，她终日里戴着脏兮兮的米色棉布袖套，围着看不出底色来的围裙忙里忙外，不管任何人在家里做任何事情，她都要跑过去发表一番意见，而后一个不注意，她就同外公大声争吵起来。

外婆家在旧时的一个大户人家后院里，从弄堂口走进来，要走三进，最后一进有个小庭院带着天井和一口水井，他们就住在那里。

邻居们整日围在水井边打水、洗衣或者干脆就坐在石阶上闲聊，她们来得是这样频繁，在这个小小的庭院中消耗了这样多的时间，没有办法，我和我的表妹只好一一认她们做了干妈。

不知何时，我的大舅迷上了养信鸽，在屋里的小院中搭了一个棚子，养了许许多多灰色的、白色的鸽子，鸽子们到处乱飞，有的时候站在洗漱台上，有的时候一头扎进院子里茂盛的喇叭花丛里，还有的时候就挺着它们灰扑扑的胸脯探头探脑走进屋子里来。我喜爱追着鸽子们跑，又害怕它们啄我，时常陷入一种左右为难的境地。我的小舅就不一样了，他爱养鹦鹉，爱教它们讲话，又在屋里的庭院中种了葡萄，搭了葡萄架子，葡萄们长得飞快，攀着架子就蹿到了屋外，差点和水井旁那异常旺盛的喇叭花争起地盘来，等葡萄藤结出果来的时候，因为害怕鸽子把葡萄给啄了，就只好整日地将它们关在那笼子里。

待到六七月，葡萄们日渐成熟起来，我的小舅便会每日爬上梯子看它们一眼，嘴里得意道："瞧瞧我这葡萄，都是上好的葡萄，外面那些……一天世界[①]！"我的外婆则握着一把假的鸽子蛋，随时准备好去笼子里偷真正的鸽子蛋，好给晚饭加个餐。鸽子们是不喜欢你去偷它们的蛋的，一旦察觉，便会愤怒异常，以至于不吃不喝疯狂互啄，但如果你悄悄放入一个假的蛋，它们就会很愧疚，觉得是自己的问题才没有把蛋孵出来，这事就略去不提好了。

我的外公自诩是这个家里唯一有良心的知识分子，他一般是不干活的，"你们妇女能顶半边天，我对你的要求不高，你把厨房顶起来就行了。"这当然会导致外婆对他的一些辱骂，但外公已经习惯了，表示没有关系。吃过饭，他就雷打不动，泡上一杯茶，取出昨日的报纸来，再细细地看上一遍，用小剪刀把他认为重要的新闻剪下来，贴在硬壳笔记本里，人虽然从岗位上退了下来，但是有良心的知识分子的心是不会退

① 吴方言，意为一塌糊涂。

居二线的。

对于外公剪报纸的这个行为，外婆打心眼里表示看不上，她是这样和我解释的，“你外公怕明朝全世界的报纸都消失了，他的硬壳本是要进博物馆的。”至于为什么全世界的报纸都消失了外公的报纸却没有消失，她还没来得及告诉我，便又和外公激烈地互相人身攻击起来。

“你这没文化不识字的婆娘！”外公，一个有良心的知识分子听不得别人挖苦他关心国家大事的一片赤诚之心，“我这是复习！回顾！检索！”

“还复习还回顾，你这是打算考大学呢？”外婆嘲笑他。

“我堂堂正正高中毕业，放在旧社会，那我……那我……就是一个举人了！你大字不识一个的，你懂个屁！”外公激动得唾沫四溅，额头青筋暴起。

但是后来，当我考上大学后，我的外公又说，“现在考大学是这般容易，放在旧社会，你顶多也就是一个秀才。”

“可是外公，为什么你高中毕业就是举人了？”

“因为你大学还没有毕业。”

“……”

不过话又说回来，外公一向是如此的，再后来我要出国留学了，临行前大家一起吃饭，席间我的小舅感慨道：“阿良真是我们家第一个跑出去的人。”

外公当即也要横眉冷对，呵斥道：“胡说八道！我才是我们家第一个踏出国门的人！”

大家面面相觑，“你这是去了哪里了？”

“朝鲜，我参加过朝鲜战争，我是一个光荣的通信兵，还有奖章呢，你们要不要看一下？”

“不要了吧。”

一个有良心的知识分子在任何时候任何地方都不能被别人给比下去。

而我的妹妹周敏也就是我小舅的女儿，她的一天就没有那么丰富多彩了，她主要就是在吃饭，她吃饭非常非常慢，一顿要吃两小时，一天三顿饭，每天六小时，也就是 1/4 天都花在吃饭上。外婆必须把她随身裹挟，就像八国联军攻入紫禁城时，慈禧裹挟光绪仓皇出逃时那样裹挟住她，在干活的时候，把她背在身上、夹在腋下、提溜在手上，有空就喂一口饭，没空就算了。

那时候我的小舅一家都住在外婆家，小舅妈和小舅都对我的妹妹周敏很没有耐心，喂饭超过半小时就会直接忍无可忍，耐心耗尽，将她像一块秤砣那样砸在地上，嘶喊道：“你触饥[①]个饭，吃得人肚肠根啊痒了！”

我那总是穿得层层叠叠好似不倒翁一样的妹妹便在地上悠悠地打转，一会儿我的外婆就会抽空把她裹挟起来。

---

①吴方言，动词，吃。

常常是在傍晚时分，我在庭院里捉蝴蝶的时候，我的表哥周行，也就是大舅舅的儿子，下了学，嘴里叼着一块老虎脚趾（一种街头面食），风一样地冲进来，嚷嚷道："阿婆，我要买四驱车，阿婆，我要十块钱！"

从裤兜里、围裙里摸出零钱后，"阿行啊，吃了没有啊，吃个晚饭吧。"我的外婆边给钱边挽留他吃饭。

"不要同我姆妈港[①]！"满头大汗的周行拿着钱又风一样地消失了，害得我的蝴蝶也跑掉了，因此我小时候不大喜欢他，幸好他已经上小学了，承载着家族的希望，要变成另一个有良心的知识分子，课业繁忙，不大来了。

我表哥表妹的名字，毫无疑问都是家里唯一有良心的知识分子我的外公起的，他说："孔子讲了，讷于言而敏于行，男孩就叫周行，女孩就叫周敏。"

轮到夹在当中的我出生的时候，他就讲不出来了，人家赵普半部《论语》治天下，我的外公，一个真正有良心的知识分子，每天花大把时间剪报纸贴报纸，却不晓得多去看几句《论语》，想要一句论语就治天下。

但是反观我的爷爷奶奶，他们的表现也没有很好，我的爷爷总是悠悠地点起一根烟，"嗯……这个问题要慎重。"

我的奶奶附和道："是的，报纸上港了给小宁[②]起名字要

①吴方言，动词，说。

②吴方言，名词，小孩。

慎重。”

隔了一些天，问他们考虑得怎样了，我的爷爷悠悠地点起另一根烟，“嗯……我还在慎重考虑。”

我的奶奶也附和道：“是的，报纸上港了给小宁起名字要慎重。”

拖到要上户口的时候了，我的爷爷还在一根又一根地点烟，慎重得没完没了，我的外公还在一张又一张地贴报纸，没空去看下一句《论语》，于是我的邻居站出来见义勇为道：“那就叫赵曾良吧！”

这个“那”字是哪来的，没有人知道。

当然我也质问过我的爸妈，起名字这种事情，难道他们自己就不能起吗，非要让邻居来代劳，这个说不过去吧？我爸悠悠地点起一根香烟，“这个事情又不重要。”

“你不知道小孩子都是比着名字长的吗？我过得不好都怪你没给我起个好名字。”

“你名字里有个良，但考试不也总是只有及格吗？”

“……”

上小学之前，我很少去托儿所，我早上起不来，那里也没有人喜欢我，每每去了总因为念不好拼音、唱歌走调这种小事被关厕所。

厕所里阴暗又潮湿，敞着口的马桶像一个邪恶的异次元入口那样在暗处瞪着我，我紧紧贴着厕所门上那通风用的木百叶站着，门外透进来的光，被切割成数个狭长的平行四边形投影在瓷砖上，我幻想着自己被投入大牢，和家人阴阳两隔（为什么非得是阴阳两隔，不知道），这些幻想是这样真实又令人悲伤，我不禁绵延不绝地号哭起来，因此获得了“号哭鬼”的外号。

老师经受不住我这样破坏教学秩序，把我妈喊了过来，当着我的面给我妈讲我坏话，我妈为表歉意，当场揍了我一顿，然后把我扔去了我奶奶家。

我奶奶把号哭着的我接进家门，“报纸上港了，小宁不能一直哭的，不然就会很惨，会死特。”

“我要喝可落！”一看我妈走了，我马上狮子大开口。

“可落不好的，喝鸡汤吧。”我爷爷悠悠地抽着烟，给我准备一个小碗盛鸡汤去了。

“是了，今朝报纸上港了，小宁就要喝鸡汤，喝鸡汤能长高。”我奶奶马上附和道。

鸡汤喝到第五碗，我奶奶坐不住了，“报纸上港了，小宁不好喝超过五碗鸡汤的，一起来看电视吧。”

奶奶家远没有我外婆家那样热闹，尽管他们两家之间只相隔着短短两个街区，也许是旁的小孩都长大了的缘故，也许是住在公寓楼里的缘故，反正我的爷爷奶奶过着非常规律的生活。早间新闻开始的时候他们就起来了，吃过早餐后便坐着看电视，然后吃午饭，用过午饭后接着或坐或躺看着电视，不想看电视了便去阳台上躺着晒太阳，吃个晚饭，简单洗漱过后，必然是要守着电视看《苏州电视书场》的。美女主持人黄蕾优雅又温柔地和大家介绍今天的评弹节目时，我就知道我爷爷奶奶的一天已经进入尾声了（虽然是 16:50 开始的节目）。

男长衫女旗袍，他们总是一左一右地坐着，男的手里捏把扇子，女的怀里抱个琵琶，开始前他们都要讲一段话，类似于："大噶[①]好，啊，我现在港的这个是俞派，又或者是这个本子王周士先生当年是这样港的，先生的风采我不敢望其项背，现在我斗胆来港一港这个《游龙传》，大噶见笑了。"然后这之后每一天都是《游龙传》，要讲好久好久，好多好多回。《游龙传》结束后就是《三笑》，有时候会打断，并不一定全本讲完，黄蕾会介绍港："今天我们暂停《三笑》，来听一听邢晏芝的《长生殿·赏牡丹》精彩片段。"我奶奶一听就很高兴，邢晏芝，名角！这一天就算是赚到了，没有白过。

见我奶奶的日子过得是这般惬意，小小的我便在心中深深地根植入一个梦想：我也要过退休生活，也不明白人们为什么总说，二十多岁是一生中最美好的日子。二十多岁为什么美好呢？我想不通，二十多岁也要早起，也要上班，六十多岁退休后就不一样了，什么也不用做，甚至不用干家务。

---

①吴方言，名词，大家。

说到不干家务，我奶奶这个人在我有记忆起就从来没有干过任何家务，她常常港："上海男宁[①]就很好，自己晓得要买汰烧[②]，很自觉的，苏州男宁根本就不行，竟然要你告诉他，他才晓得要去做，滑天下之大稽。"

我将这段话告诉了我的外婆，外婆一边沥干碗上的水一边挥舞着她那脏兮兮的米色棉布袖套，"我……我同她不一样，我没有那个命，再说了，我是光荣的劳动人民！"

到了放暑假的时候，周行的爸妈要去长白山，他被寄养在外婆家里，我便常常能见到他了，他和周敏不一样，吃饭飞快，一顿饭只消五分钟便可，一天十五分钟，每日只需要花 3/288 的人生在吃饭上，余下了大把时光。

多数时间他都在捣鼓他那几辆四驱车，还有一个宝贝工具箱，只见他把零件拆下来又拧上去，不知道在忙些什么，又或是摆弄几个奥特曼的小手办，自己跟自己打仗。

那年夏天我养了几只小鸭子，日日都要在喇叭花下的泥巴地里翻找蚯蚓，周行饭吃得快，力气又大，着实是个翻地的好手，他握着铲子一顿乱掘，翻倒无数花枝，蚯蚓们也就出来了，我欢天喜地拿着蚯蚓去喂鸭子，感觉没那么讨厌周行了。

到了八月，大公园里的荷花开了，周行便吵着要去荷花

---

①吴方言，名词，男人。

②吴方言，烧饭烧菜。

池里钓鱼，外公将我俩一前一后放在他的凤凰牌自行车上，晃晃悠悠地骑着，路过苏州大学的时候他便恐吓我们，“你们一定要好好念书，不然以后是要去苏州大学的！”

“苏州大学怎么了？”我问他。

“苏州大学不是清华！”

后来我长大了，连苏州大学也没考上。

公园里的蝉叫得很是起劲，随着夏日里的热浪一阵一阵扑来，门口卖蝈蝈的人，擎着一个竹竿，上面吊着上百个小竹笼，里面的蝈蝈齐声大叫，这个夏天真是聒噪。

我们一人买了一根糖葫芦，进公园去租渔具，一根小钓竿、一包鱼食、一个网兜，周行稳坐钓鱼台；我则在旁边替他敲边鼓——负责捞鱼，我挽起裤腿，摆好架势，随时可以冲锋陷阵；外公心不在焉地背着手，这走走那看看，间或要来考考我们：“背一首关于荷花的唐诗来听听。”

“鹅、鹅、鹅，曲项向天歌……”我也是有一些文化的人，马上背诵了起来。

“要有荷花的诗。”

“那你怎么知道鹅的旁边没有荷花呢？”

“……”

太阳快要下山了，人也被烤得差不多了，随风摆动的田田荷叶看着都显出疲倦来，想来周敏的午饭也差不多要吃完了，我们也到了该回家看动画片的时间了，周行很不高兴，他今朝没有钓到鱼，“那个竹竿不好！”他抱怨道。

公园门口卖蝈蝈的人还在，小竹笼已被买走了许多，蝈蝈们依然叫得很大声，稍一靠近它们，便感觉到自己也跟着震动了起来，我们仨精挑细选买了一个（我们觉得）叫得最大声的蝈蝈，“蝈蝈嘛，就是要叫得响。”我的外公说道。

回家后发现是个哑巴。

吃好晚饭，也就是开饭五分钟后，周行念念不忘他的鱼，要去逛花鸟市场的夜市，没有钓到也要买一条，今朝必须要拥有一条鱼了！

花鸟市场的夜市是很热闹的，卖花卖鸟的，卖猫卖狗的，卖鱼卖乌龟的，挨挨挤挤、弯弯绕绕地簇在同一个市场里。

这里是这样的热闹迷人，东海龙宫也不过如此了！我和周行握着五块钱巨资迷失在了花与鸟的海洋之中。

我们回家回得有多晚，就这样说吧，连周敏都已经吃完饭了。

没过几天周行的爸妈从长白山回来了，非但没把他接回去，还给他拿来了一辆小自行车，这下他可不得了了，恨不得要单车走天涯。外婆不许他出门，把我和他锁在房间里，“要骑你就在这屋子里骑吧！”（周敏被她裹挟着在吃饭。）

周行觉得可以，二话不说把自行车扛上了床，艰难地骑了起来，我见状不禁思考了起来，如果床可以变成地面让周行骑自行车的话，那么床也可以变成蹦床，让我跳一下，于是我也紧跟着蹿了上去。

我们蹦啊跳啊、骑自行车啊，一声巨响之后，床塌了。周行被自行车压着在号，泪水挂在他胖乎乎的脸蛋上，小腿上数处被蹭破了皮。我还好，我屹立在废墟之中，放在动画片里，我这样的小朋友是要做主角的。

晚上我妈来接我回家的时候，外婆绘声绘色夸大其词当着我的面给我妈讲我的坏话，为表歉意，我妈当场揍了我一顿。

同一年的秋天，新学期开学没多久，我的堂哥赵磊因为在小学里表现良好获得了一辆真正的自行车。他们一家人买完车开开心心地来我奶奶家吃饭，吃完饭赵磊就鲜嘎嘎[①]要下去骑车，大人们在喝茶聊天，没人肯同他一道下去，便喊他和我一起在屋里看电视，就是电视书场栏目。赵磊满心的不高兴，见他是这样低落，我便忍不住把周行那充满创意的举动分享给了他，他听了之后表示受益良多。

我明明只是在旁边看着他骑车而已，可等床塌了后，我妈二话不说冲进来就把我一顿痛揍，边揍边骂：“你这青肚皮活猕，不晓得长记性，今朝叫你晓得厉害！”

---

① 吴方言，炫耀，显摆的意思。

一般来说，我早上总是不大好去外婆家的，即便去了也要静悄悄地保持安静，除了看周敏吃饭以外什么也做不了，因为我的小舅大概率在睡觉，由于工作三班倒的缘故，他痛恨别人打扰他珍贵的睡眠时间，起床气又十分重。有一次外婆吵到了他，他起来后一拳击碎了门板。还有一次外公吵到了他，他又一拳击穿了饭桌，好不容易把门板和饭桌用别的木料随意地糊弄了起来，周敏又不肯好好吃饭，大哭大喊，吵醒了他，小舅发出“嗷”的一声怒吼，从床上一个鲤鱼打挺跳将起来，飞起一脚踹碎了椅子。

这怎么讲，让我觉得我的小舅是不是有一点武术功底，我便去问我的姆妈，“小舅是不是去过少林寺呀？”

据我姆妈讲，是这样子的一个故事，很早以前我的小舅沉迷于邵氏武侠片，看完《方世玉与胡惠乾》《少林英雄榜》后，奉姜大卫与傅声为偶像，好说歹说忍到了中学念完，之后就下定决心跑去闯荡江湖，在一个月黑风高的夜晚偷摸着离家出走，打算去河南嵩山少林寺学艺。

“哦，那到了没有呢？”

“到了。”

“学了多久功夫呢？”

“没学。”

“为什么呢？”

“少林寺的武馆也是要钱的。”

我的小舅，金戈铁马、少年意气的江湖梦碎于没钱，真乃是一分钱难倒英雄汉。

灰头丧脑地回来之后，他还不死心，辗转拜了一个会咏春拳的师傅，日日要去打两个小时的拳，这导致他日后同我们一道看武侠片时，时常要在屏幕外比画，“这个讲究了！”“哎哟，这个根本不来赛[①]。”双拳挥得虎虎生风。

在我的养鸭子大业里，我的小舅也起了很大的作用，待到起床气发作完毕，他又是我亲切的小舅了，同我一道摘喇叭花、挖小蚯蚓。有一次他拿着一把铁锹替我翻找出十几条蚯蚓来，我俩大受鼓舞，一鼓作气越挖越深，翻出了一些碎瓷片、几片青瓦和一个完好的大砚台来，我外公见了急忙回屋摸出他的老花眼镜，给苏州电视台和苏州日报社写信，大意是：“我要上交一重要文物，你们快来采访我。”

等了半年，电视台也没有回信，我的外公气急败坏，自己去“一得阁”买了纸墨来假装写毛笔字，还不住念叨：“这个砚台，搞不好是文徵明用过的哩！”

自打有了砚台后，除了剪他的报纸，外公又有了新的乐趣，他自认为自己早晚是要成为一位老书法家的，虽然他根本就不会写书法，但是这有什么关系呢，他可是拥有文徵明的砚台的人啊！

外婆讥讽他写字像狗爬时，外公便在宣纸上写下大大的

---

①吴方言，形容词，表示可以。

“何唤英”三个字，唾沫横飞道：“你晓得这几个字怎么读吗？你不晓得！斗大的字你不识，扫盲扫了那么多年，连自己的名字都不会写！我一个知识分子，你有什么权利、什么资格来质疑我！”

“你……你知识分子！我还是光荣的劳动人民呢！老娘……老娘今朝不给你做饭了！”

接着两人便大打出手，将锅碗瓢盆砸个稀烂，互相拔高嗓门，绝不能在气势上输给对方，吵到兴起处，外婆抓起一尾活鱼朝着外公便是一个照面，外公不甘示弱将一袋子活虾尽数泼向外婆。

“这日子没法过了！”

“离婚！”

一阵鸡飞狗跳过后，外婆同我港：“我堂堂一个大小姐，放在旧社会，你外公怎么高攀得上我，我的爸爸是个县令，我就是个官家小姐，自小就上了私塾，弗要听你外公瞎港八港，我小辰光就爱读书，抱着《三字经》和《百家姓》都不撒手的，哪里会不认得字呢？”

过了一会儿她又讲道：“虽然我识的字确实是不大多，但人人都说我看着知书达理，一看就是个晓事的，吃亏就吃亏在不懂写字上，我是识字的，只是不大懂写，当初都要提拔我当领导了，就可惜当领导是要会写字的。”

“那阿婆再学就是了，等过几年我上了小学，阿婆和我一道学写字啊。”我诚挚地提出邀请，而我的外婆也一口答应了。几年后我上了小学，每晚在外婆家写作业时，我的外婆就会躲得远远的，顾左右而言他，再也不提认字的事情了，不愧是连续上了七年扫盲班也没能成功扫盲学会写自己名字的人。怎么说，没点毅力确实不行。

终于有一天，我的外公被人赏识了，那是一个神秘机构，表面上看是个老年书法交流互助协会，其实是个卖床垫的组织。

这个床垫不是普通的床垫，叫“中华两仪八卦磁性床垫”，包治百病，是上下五千年中华文明的精华荟萃之所在，融合了一些太极的原理，就是那个两仪啊、八卦啊，总之你从名字上也能看得出来吧，还有一些阴阳五行的风水原理，简单来说就是很厉害，包治百病。李时珍的《本草纲目》里提到过的药材和那个中国科学院最新研究发现的那个磁场，相互融合，九九八十一天才能做成一个床垫，总之，非常厉害，不展开讲了。

卖床垫的地方管理严格，每天都要上课，外公很重视，买了一个硬壳笔记本认真做笔记，有时候轮到外公带我，我也得跟着去听课。有一次那个书法协会的会长他就讲，啊，这个床垫很神奇的，有一个原本无药可医的尿毒症年轻人，因为尿不出来，也不敢喝水，整日口干舌燥地等死，非常痛苦，年轻人的家里人上辈子积了德，机缘巧合下找到了他，求他救救自己的儿子。他就港了，来，你睡一下这个“中华两仪八卦磁性床垫”，年轻人并不相信，勉强睡了几天，哎呀，不得了，他可以吃西瓜了，还上厕所了！接着话锋一转，但是这个年轻人他不要脸！睡了这个床垫不给钱！

外公惊呼：“这怎么行！”

别的书法爱好者也一起高呼：“这可不行！”

“确实不行！”会长表情沉痛道，“所以现在，这个床垫不给钱是不能试睡的，这是什么，是床垫吗？不是！”他顿了一下，“是国家瑰宝！是不可以流落海外的，这是我们中国人的秘密武器，是我们老祖宗的智慧结晶！”

书法爱好者们激动起来，点头、鼓掌。

会长很满意，双手向下压了压，示意大家安静，“来，大家一人买两个啊，只赚不亏，强身健体，发展新会员还有提成。”

床垫运回家的那天，我的外公分外喜气洋洋，感觉他老周家有希望了，他把旧床垫搬去阁楼，换上新的“中华两仪八卦磁性床垫”，然后把我和周敏喊来，“好了，你们睡午觉吧。”

“还没有吃午饭呢！”我很不解。

“没关系的，先睡吧。”外公安排我们并排躺下，给我们拉上被子，满心得意道：“只要睡了这个床垫，小孩就会开智，开智了之后就会超过同龄人，以后是可以去清华北大的！”

可我和周敏根本睡不着，挣扎着要下去玩，外公连忙喝止我们：“不要下床，这个床可不得了，以后不管干什么你们都尽量待在这个床上，会让你们身体强壮变聪明！”

听着似乎是小龙女古墓里的那个寒玉床，能“起沉疴，疗绝症”。

“清华也好，北大也好，但凡你们考入其中一个我也别无他求了。”说着外公出去了，关照我们要专心午睡。

勉为其难躺了一会儿，还没睡着，外公又风风火火闯进来，“我看北大也是不行，还是得清华，既然要上大学，那就得清华！”

“北大怎么了呢？”我问道。

“北大主要就是文科，北大不行的，你晓不晓得一句话，‘学好数理化，走遍天下都不怕’！”

“那文科怎么了呢？”我又问道。

“你晓得不晓得一句话，‘学好数理化，走遍天下都不怕’！”

“……”

还没有探讨清楚文科理科的问题，忽闻我外婆一声雷霆巨啸：“周夹里！你给我出来！”

当下脸色一沉，外公整了整衣服下摆走了出去。

“两万五千多块铜钿，你就买了这个破床垫？”

“你……你懂个屁，你斗大的字不识一个，我这是为了我们老周家！”

“老娘不伺候了，离婚！”

“穷爷我也不想和你过了！”

下午晚些时候，美姨阿婆就来了，美姨是我外婆许多年的老朋友，喜欢烫头发、涂口红、喷香水，一年四季都要在脖子上扎条丝巾。我刚认识美姨阿婆的时候，外婆给我介绍说：“这是我在上海滩上的朋友！”

我：“……”

美姨原名叫郑良娣，参加扫盲班成功后给自己改名叫郑学良，我外婆和她只是塑料姐妹情，表面上看很要好，背后总说她，一把年纪还要涂脂抹粉，真是不知羞耻，对她改名字这件事情也很不满意，“张学良将军叫学良，她也配叫学良吗？”

至于为什么郑学良阿婆要被喊作美姨阿婆，很长一段时间里，也没有人肯告诉我，我姆妈曾经含含糊糊地说过，“这就是一个花名。”

“什么花，院子里的喇叭花？我也想要一个花名。”

“你要个屁！”我妈这样回答我。

美姨阿婆来了之后，一边抽烟一边给他们各打五十大板，“老周啊，不是我说你……”

然后就把我外公狠狠地说了一顿，这还不算，晚上竟然还留着一起吃晚饭。

表面上是吃饭，实际上是批斗大会，美姨阿婆显然很有料，在大家情绪已经没有那么激动的时候，及时抖出一个料，煽风点火，大家就群起而攻之把外公骂得更加厉害了，但是我外公是谁，是全中国知识分子最后的良心，他梗着脖子死不认错，“历史自有论断”！

于是我们就知道了外公的另一段历史：当时他和外婆刚刚结婚，去上海买完衣服回来，在苏州火车站遇到了一个穿着朴素却很有礼貌看着很贵气的年轻人。那个贵气的年轻人犹豫再三，和彼时也还是一个年轻人的外公搭话说，他是八旗子弟，家道中落，现在急需用钱，愿意以一块钱一个的价格出售祖上留下的袁大头。外公一听，天啊，发财了，捡漏的时机到了，此时不买更待何时。

外婆告诉他，这肯定是个骗子！外公说，好的，明白了，但私底下不知何时同这个年轻人进行了一大笔交易，掏出全部的积蓄两百元人民币购买了两百个袁大头，回到家后，兴兜兜[①]地打开包裹，冲我外婆喊道：“家主婆！我们发财了！我给你买最好的衣服去！”

然后接下来的半年每天借钱吃饭。

“我的衣服呢？”外婆问道。

外公悠悠地点起了一根烟，望着窗外，这一刻仿佛成了

①吴方言，形容词，表示兴冲冲。

我的爷爷。

邻居朱业明家的大儿子从美国回来探亲了，给我们一人发了一片黄箭口香糖。我外公说，他们家的人脑子有毛病，瞧不起我们。外婆也说，这又弗是什么好东西，好多年前她在上海的时候就吃过了。

外婆总是这样的，每当家里买来一些新奇东西的时候，她都要讲，她在上海的时候早就吃过、用过了。

“我也想去上海，想看东方明珠！”我嚷道。

“你去个屁！”

但机会很快就来了，外公战友的女儿葛伟要在上海结婚了，家里的大人很是喜欢讨论这个女人，说她如何如何美貌，神似傅艺伟，手腕如何高明与强硬，去了日本后果不其然成了黑社会大哥的女人。她的哥哥葛兰就不行了，是个懦弱的人……

是了，他们家的名字就是这样的，信奉女孩必须起男名，男孩必须取女名的奇怪传统，认为只有这样小孩子才会健康茁壮成长。

总之，我终于有机会可以借光顺道去一次上海了。婚礼在和平饭店举行，我和外公外婆到了上海后先去了我心心念念的东方明珠，又逛了外滩，然后大事不好了，我想上厕所了，可是外滩的厕所是这样贵，蓝色的塑料小房子一块钱一次，一块钱是什么概念，1957 年我外公用一块钱换一个袁大头的。

“你怎么回事，”我外公骂我，“就是事多，懒人屎尿多！”

“忍一忍吧，回了饭店你爱怎么上厕所就怎么上厕所，这里这么贵，上什么厕所呢！”我见惯世面的外婆也不准我上厕所。

好吧，那我便忍一忍，没有忍住，尿在了身上。

“哎呀，你这个小孩怎么回事！”外公只好把我夹在腋下赶忙提溜去饭店。

到了和平饭店，一群人来接应我们，接着就有人拿吹风机给我吹了吹裤子，一会儿我就在大厅里见到了新娘子葛伟。葛伟真是漂亮，穿着白色的婚纱，梳着漂亮的头发，头发上还插着一朵深红色的花。

“小苏州，”她喊我，“你过来，让我瞧瞧你。”

待我走近了，她毫不客气一把捏起我的脸，问我，“听说你尿裤子啦，怎么这样不乖？”

“我没有不乖，我外公外婆不让我上厕所！”

“怎么不让你上厕所啦？”

“因为要一块钱。”

她笑了起来，像一朵花骤然绽放，空气都变得香甜和明媚起来，又抓了大把的糖果和巧克力给我（外婆又说，没有什么的，她在上海的时候早就吃过了），还喊了一个阿姨带我去买新的衣服，关照我不要再穿这脏裤子了。

一个小时后，我拥有了人生中第一件堪称昂贵的衣服，两百多块钱，这是什么概念，1957年在苏州火车站，我外公被人骗走的全部身家，理应价值两百个袁大头的钱啊！

晚上我们回了苏州后，我外公和我姆妈聊起这件事情，姆妈一边摸着我的衣服，一边问道："葛伟什么时候再结婚啊？"

邻居朱业明家的大儿子那漫长的探亲假终于要接近尾声了，我们也终于不用一天三次地在庭院中听他讲"我的儿子哪能哪能了"。朱业明一开始讲，"我大儿子可是在美国著名大学里当教授的哩！"十几天后更正为，"我大儿子可是在美国斯坦福大学里当教授的哩！"后面闲谈时听别人讲，哈佛才是美国最好的大学，朱业明显然很后悔，脸上一副"早知道就讲是哈佛大学就好了"的神情。

因为他的出息儿子要回美国了，下次再回来时，不知道又是多少年后，他们家的上海亲戚也特意跑了过来，提了整整十斤鸡蛋糕，满满两大袋子。"阿拉[①]上海糕点店铺做的，新鲜得不得了，我今朝早上特意去买的，多吃一点，我估计你们这里平时吃不到，还有啊，我女儿也要去美国，你看看你儿子啊，能帮帮忙啊？"

晚上吃饭的时候，朱业明提着鸡蛋糕过来找我外公讲话，边讲他边拿过碗筷就吃了起来，"我看他有点毛病的！他瞧不

① 吴方言，此语境里表示我们。

起我们苏州人，以为我们苏州连个鸡蛋糕都没有！你瞧瞧，你瞧瞧这十斤鸡蛋糕！来，老周，这五斤就给你了。”

我的外婆，“这又弗是什么好东西，我在上海的时候早就吃过了。”

第二天我提着一斤鸡蛋糕被我妈送去了奶奶家，我奶奶开门迎接我，看着那些鸡蛋糕皱眉道：“报纸上港了，小宁不好吃那么多鸡蛋糕的，你买那么多鸡蛋糕做啥啊！”

“不是我买的，是上海铺子做的鸡蛋糕。”

到了中午，我的堂哥赵磊一家也过来吃饭，吃罢，我的奶奶便将鸡蛋糕提上桌，要给大家分着当点心吃，可是没有人想吃，气氛尴尬。过了一会儿，赵磊的爸爸打破沉默道：“拿给我们家的小智吃吧，小智怕是还没吃过呢。”

“是了，小智一定是没吃过鸡蛋糕的。”我的爷爷也附和道。

“报纸上港了，小宁多吃鸡蛋糕好的，长身体，拿去吧拿去吧。”我的奶奶立刻将鸡蛋糕重新打包好递给他们。

不晓得为什么，我们家的人，包括赵磊的妈妈那一家，都有一种深切而奇怪的迷思，坚信小智（还）没有吃过任何好吃的东西。有一次除夕夜，在松鹤楼吃过团圆饭，剩下一盘子新的松子枣泥拉糕，没人想要带走，便突然有人提议道，这样好吃的东西，小智怕是还没吃过吧，给她打包了带去；又有一次，我们在王四酒楼吃叫花鸡，吃到一半，赵磊的妈妈突然感慨道，这样好吃的东西，我们的小智回去了怕是再也吃不到了，大家当即决定再点一个带回去给小智。

小智叫卷岛智奈，在上小学前，一半时间生活在中国一半时间生活在日本，在中国的时候，她就住在赵磊家，他们教她讲中文；回日本了，她就重新开始学日文，结果正式入学前，她既不能讲很好的中文也不能讲很好的日文，是个词汇量非常低的小朋友。我对她的印象就是能吃，鸡蛋羹一吃吃两碗，赵磊的爸爸由此得出了一个结论，日本一定没什么好吃的，赵磊的妈妈表示同意，“我看那个日料清淡得很！”就这样，慢慢所有人都认定了一个事实，日本这个国家虽然不错，但实在是没什么好吃的。

他们觉得不好喊她卷岛或者智奈，这样听起来太像一个日本人，尽管她本来就是一个日本人，但总之，喊她“我们家的小智”感觉就好多了，仿佛是自家的小孩，白捡了一个孩子，占到了便宜。

早我好几年赵磊便去过上海了，就是去和平饭店参加他大姨和她日本丈夫的婚礼，这样一来，便让我产生了一个持续很多年的误解，我以为是法律规定，但凡和日本人结婚的，必须在和平饭店举办婚礼。

自打小智上了小学后，她便不再回中国了，等她再一次回来过暑假的时候，我们都已经上了中学，她不记得我了，也不记得怎么讲中文了，他们给她看小时候的录像，她很惊讶原来自己小时候竟然是会讲中文的。

不知从什么时候起，街巷之间兴起一股全民唱 K 的热潮，高级会所要能吃饭、能洗澡、能唱歌、能看跳舞，就连外婆家街角的茶楼也改成了咖啡馆，接着又紧随潮流改成了音乐咖吧，每天都用大功率音箱循环播放小虎队的《爱》或是张学友的《吻别》和《一千个伤心的理由》，三八妇女节等节日则会放周华健的《亲亲我的宝贝》。

我的外公对此很不满，“哎呀……这个整天都是情情爱爱！这个……情情爱爱啊，哎呀……”

为了抵抗这些靡靡之音，外公身体力行去音像市场买来了《邓丽君合集》以正视听，“这个碟非常的好，你们看，前头是小朋友的模仿秀，当中是翻唱，后头是邓丽君的演唱会合集，很值。”

“邓丽君也是靡靡之音啊。”我的小舅说，“也许还是台湾的特务呢！”

“你懂个屁！”外公以一个有良心的知识分子的名义怒斥他。

前头和后头都很正常，当中那段翻唱不晓得为什么，总是不同的、烫着大波浪的女人穿着不同的泳衣绕着不同的棕榈树在打转，你总以为镜头一转，会是一片海滩，这些女人就要以一种奔放的姿态扑入海中，而后会有一些飞溅起来的浪花的特写，但什么也没有发生，她们就是绕着棕榈树转啊转啊，有的场景真的非常像小区楼下。到底为什么要穿着泳衣一脸哀伤地绕着棕榈树打转呢，成了一个困扰我至今的迷思。

“甜蜜蜜，你笑得甜蜜蜜，好像花儿开在春风里，开在春风里……”这之后外婆家便总是时时响着邓丽君的歌声。

几年后电影频道重播获得台湾电影金马奖最佳剧情片的《甜蜜蜜》，我们几个人，拿着凳子坐在电视机前，眼睛一眨不眨地看完了全片，我总在想，在邓丽君的歌声里，黎小军和李翘还会在一起吗？之后呢，之后会怎样，如果豹哥没有死，李翘和豹哥在一起，日子会更好吗？此去经年，物是人非，我们都还会有甜蜜蜜的日子吗？

后来我的小舅从厂里拿来了两个麦克风，我爸又买来一个家用音箱，这样我们就可以在外婆家唱家庭卡拉OK了。

自从有了麦克风和音箱后，美姨阿婆便来得更勤了，她每每去完理发店烫好头便直奔我外婆家，“唤英啊，我来哉——”一边喊一边风风火火地进来，时不时用手托一托她刚烫好的头发。我的外公则将书法啊、剪报纸啊，这些往日的爱好抛诸脑后，倒上一小杯酒，炒上一碟花生米，撒上盐粒，眯着眼睛听着歌，时不时用手跟着节拍在桌子上轻轻敲打，兴起时便喊道：“阿美，跳一个！”

美姨阿婆马上头一甩，摘下脖子上的丝巾就站在客厅里跳起来，也不知道在跳些什么，走两步退一步，转个圈什么的，但总之非常有气势，很自信地跳着，我外婆挥着她那脏兮兮的米黄色棉布袖套喊道：“专业！专业！和在上海时一样！”

没过多久，这两个麦克风的存在，飘过两个街区传到了爷爷奶奶那儿，我爸的侄子侄女们也要跟着来唱家庭卡拉OK，于是那段时日里周末的外婆家便挤满了更多的人。

大家都鬼哭狼嚎、撕心裂肺争做“麦霸”，过了饭点也不走，把我的炸鸡翅都吃完了，真是太讨人厌了。

“你们唱得都不行，”外公听我表哥嚎完了一首《对面的女孩看过来》后面露不屑，“让你们听听专业人士是怎么唱歌的，来，阿美，唱一个！”

美姨阿婆马上头一甩，摘下脖子上的丝巾，拿过话筒，非常有气势，手往旁边一舒展，跟着背景音乐唱起来：

如果没有遇见你我将会是在哪里
日子过得怎么样人生是否要珍惜
也许认识某一人过着平凡的日子
不知道会不会也有爱情甜如蜜
任时光匆匆流去我只在乎你
……

大家便集体鼓掌、起哄，“好好好！唱得好！”

我外婆站在一旁，感觉自己与有荣焉，马上瞅准时机向大家介绍道：“这是我在上海滩上的朋友！”

大家：“……”

当陈奕迅的《K歌之王》旋律在街巷之间响起时，我家的K歌风潮却随着那如梦似幻的黄金九十年代一起落下了帷幕，“让我成为了无情的K歌之王，麦克风都让我征服”。

外婆家的麦克风不知道从何时起就坏掉了，放在一旁积起了灰，有一天便也消失不见了，和许许多多的往事一起。

一日又一日，一年又一年，看起来漫长的岁月为何却过得如此之快。

待到我上高中的时候，周行就已经高中毕业了，他的一场高考，把大家都折腾得鸡飞狗跳，整个老周家跟着他一起“民不聊生”。

因为他不肯好好念书，他的姆妈，也就是我的大舅妈，曾经半夜三更将他一顿毒打，周行感觉这个时间点求人不如求己，思忖再三，决定抱着头冲出门去，他姆妈，也就是我的大舅妈，一位女中豪杰，手提一根棍子号叫着追出门来，两人一前一后在午夜的街头飞奔。我的表哥边跑边惊恐地回头张望，嘴里嗷嗷直叫，他姆妈，也就是我的大舅妈，一位女中豪杰，边追边骂：“我打死你！我今朝打不死你，皮痒骨头轻！”这给了他极大的精神压力，让他几近崩溃。

最后他们跑跑停停来到我外婆家，我外公外婆夜半被巨大的嘈杂声所惊醒，据说当时周行一只手疯狂拍门另一只手疯狂摁门铃，嘴里大声呼救："救命啊！杀人啦！"而他的姆妈夺命追魂般挥舞着棍子离他仅有几步之遥，最后在外婆家门口完成了在自家没完成的一顿毒打。

凌晨四点，我妈、我的小舅和小舅妈、我的大舅都跑去外婆家，劝我的大舅妈放下屠刀，不要这样，做人要 Peace 一点，事情一定还会有转机的。

事情并没有出现转机，可能是因为周行小时候没有好好睡那个"中华两仪八卦磁性床垫"，导致他没有身体变强壮人变聪明，也没来得及开智超过同龄的小朋友，总之就是一步错步步错，都怪没有早早睡那个床垫。

高考出成绩那一天，我们都一早去周行家坐着，表面上是为了和他一起分享喜悦，实际上是怕他没考好（他有很大可能没考好），他的姆妈，也就是我的大舅妈，一位女中豪杰，会将他一顿毒打。

不出所料，他果然没有考好，令人意外的是，竟然考得比模考还要差，可以说是真的非常差了。

连我拿着西瓜的手都开始抖了起来，我的大舅稳住了场面，"不急，让我们问一问朱业明的大儿子，他不是在美国那个什么大学当教授嘛，可能我们在美国还会有机会。"

大舅妈抬起来的手又放了下来，周行微不可闻地舒了一口气。他们先给我们的老邻居朱业明打了电话，要到了他儿子的号码，接着又花了二十多分钟确定了各种国际代码和区号的顺序，小心翼翼又饱含着巨大的希望拨通了电话，“哎……你好你好，我周有昆，对……是的……老邻居……我儿子啊！今年！高考了！对……是这样……不尽如人意，我在想啊……你们美国啊，不是有那个长春大学……长春大学在中国？不是不是……我是说那个长春……长春……”

大舅妈在一旁提醒道：“常春藤！”大舅马上不甘示弱瞪了她一眼，表示我知道，“我的意思是说那个常春藤……那个名校……啊？什么，你在社区大学当老师啊，那……那这个社区大学和普通大学有什么区别呢？什么？哦哦哦哦……”几个“哦”之后，大舅的语气渐次低落。

大舅妈明白了，可以放心打了。

正在这时，外公，全中国最后一个有良心的知识分子痛心疾首地发言道：“不要搞那些个旁门左道，我的意见，复读一年，复读一年我不信还考不上清华了！”

周敏把半杯果汁喷了出来，大家短暂地愣了一会儿，然后该干吗干吗。

最终周行当然没有选择复读，随便地上了一个随随便便的大学，外公表现得很痛心，那年暑假他反复絮叨：“清华很难上吗？我不明白清华有什么难上的，你们现在有这个条件，为什么不努力一把？”

直到我外婆同他讲："你现在也有条件了，我听人说高考不限年龄了，你也可以去考清华了。"外公突然就放下了对清华的执念，"哎，大学嘛，都是一样的。"

周敏早就搬离了外婆家，之后她就不常去了。许是周行的爸妈给他的零花钱也够了，总之，之后的几年再也不见他风风火火地冲进来问外婆讨要几块买菜钱。我呢……也没有什么特别的原因和契机，也许是因为我长大了，有了自己的生活，我也去得很少了。

往后的日子是那样面目模糊，邻居在井里保鲜一块猪肉，猪肉掉了进去，他们几次洗井洗得很不彻底。我的外公，中国最后的良心，提议倒明矾，倒了太多，井彻底不能用了。

后来有一天他们要在庭院里铺水泥地，一进一进地改造过来，先把前一个庭院的蜡梅树给砍了，又把最后一个小庭院里所有的喇叭花给拔了，反正等反应过来的时候，一切都变得十分萧索生冷。

而那些信鸽呢，早就消失不见啦，有一天，院子里来了黄鼠狼，咬破了笼子，一晚上把所有的鸽子都给咬死了，我们的邻居不肯相信城市里也会有黄鼠狼，"许是野猫呢，哎呀，有的野猫啊，凶得很哩！"

"野猫哪会把鸽子的头都咬下来呢？"我外婆反问道。

"那城里哪来的黄鼠狼呢？"邻居也反问道。

"好了，不要争了，"我外公陈词总结，"我看是碰到赤佬了！”

鸽子没了之后，偶尔也会想到它们，尤其是要喝鸽子汤的时候。我奶奶住院后，我大姑妈向我外婆讨要鸽子汤，他们好像不知道鸽子早就没有了，要喝鸽子汤的时候总是问我外婆讨要，其实外婆的鸽子也是市场上买来的。

本来当然是要给病人熬鸡汤喝的，但是据说我奶奶年轻的时候经历过一场恐怖的鸡瘟，这之后她便害怕起鸡来，有时候炖鸭汤，炖完看起来有点像鸡汤，我奶奶瞧上一眼便恨不得要惊恐症发作，一再地警告大家：“报纸上港了！这个鸡啊，是不能吃的！”她以身作则，为了我们的健康着想，自己不吃，也不准我们吃，哪怕是去吃肯德基，也得告诉她，我们去吃的是“肯德鸭”，肯德基的兄弟品牌，山德士上校的兄弟麦当劳叔叔所创立的。

鸽子汤炖好了，装在保温饭盒里，我拿着送过去，路过医院门口的报刊亭又顺带买了一些报纸。进了病房后，我爸便顺手将报纸垫在饭菜和汤下，我看了连忙道：“哎哎哎……这个报纸我买给奶奶看的。”

“你奶奶又不识字，看什么报纸？”

搞什么呀，原来和我外婆是一对文盲姐妹花。

那年的秋天，似乎是有一个客人要来，也不知道是谁，总之很重要，客人来之前一个多礼拜，外婆先将屋子里里外外打扫了一遍，添置了一些东西，早就空了的零食八宝盒也拿出来洗洗干净，重新装满了蜜枣果脯，还在市场里买了活鱼、活虾和鲜花，鱼虾都在清水里养着，去去土腥味，鲜花插在玻璃瓶里，摆在桌上显眼处。

“你搞这些是不是太过隆重了？”我外公一边指责我外婆，一边自己动手将门刷成了大红色，我小舅来了后问我外公，“你这个是不是太隆重了一些？”

看这个架势，仿佛是家里有谁要结婚了，又或者打算是迎接自己失散了五十年的亲姐妹，如果不是这样的话，根本就说不过去。

总之，到时间客人就来了，客人来的那天，外婆把我们全喊了过去，桌子上杀猪宰牛摆满了大菜硬菜，一旁戳着两瓶酒，酒旁还摆着一瓶鲜花，场面堪比祭祖。

那时候已经入秋了，外婆还坚持穿着一件丝绸做的衣服，青灰色的底料，上面有银色的花纹，平日里也没见她穿过，不晓得从哪里翻箱倒柜翻出这么一件衣裳来。

客人见到这阵仗似乎也很吃惊，那是一个银发老太太，由她女儿陪着过来，她单单坐着闲聊了几句，马上就要动身离开，“好哉，我就是顺路来看一看你，唤英啊这么多年没见到你啦，见一见你就行了。”

“那怎么来赛，不来赛的！一定要吃饭，今朝勿吃勿让走了！”我的外婆非常坚持非常强硬，她堵在客厅门口，死活不让客人走，“今朝必须要留着吃饭才行，我饭都烧好了，不能让客人饿着走的，没有这种道理。”

客人们一会儿讲，“我们已经订好了饭店了，难得来次苏州，想去吃一吃那些个正宗苏帮菜。”一会儿又讲，“怕是时间上有点来不及了，这次就算了吧，下次再来吃饭。”

但无论怎么说都没有用，我的外婆，一尊石像般死死地堵在门口，不为所动，来回拉扯了许久，客人放弃了，“好吧好吧，那就吃饭吧！”

大家严肃活泼地吃着，穿着丝绸衣裳的外婆吃一会儿便要站起来忙点什么，一会儿把酒端来，“要不要喝点酒？”客人大惊，“不不不，我都这把年纪了，哪里还能喝酒，小英啊，你快坐下来吃饭吧。”一会儿外婆又站起来，端来水果，“饭后水果大家记得吃啊。”客人又道，“小英啊，吃不下啦，你快坐下来吃饭吧！”吃了没几口外婆又想起来什么似的，要去端八宝盒，大家一致拦住她，“吃饭的时候不吃这些了！”

“那……那吃完饭再吃吧！”外婆很不甘心。

刚一吃过饭，外婆又马不停蹄动起来，手脚麻利地将碗筷剩菜都端进厨房，接着便是擦桌子、理桌子，客人在一旁夸她，还和以前在上海时一样，干活麻利，外公赶忙在一旁泡起茶来，小舅替外婆把装得满满当当的八宝盒捧出来，客人又道“你的小孩都那么大了呀”，吃过几粒糖花生又讲，“不过你看，当年你在我们家时，还要天天把小囡抱在怀里哄，现在小囡都有自己的小孩了。”

听了一会儿，虽然不是很明白到底在讲什么，但外婆小时候是在她家里做工这样没错了，原来那些年在上海是在做小保姆呀，还以为她去上海当大小姐了呢。

过了一会儿，客人又问起了美姨阿婆，“郑良娣现在还跳舞吗？”

“也老了，不跳了。”外婆含含糊糊道。

稍稍聊了几句，喝过几口茶，客人便要走，又是一场漫长的拉锯，这次客人终于成功地走掉了，大家都松了一口气，外婆又立刻穿上她那看不出颜色来的围裙忙里忙外，洗碗择菜。

我悄悄问我姆妈，“美姨阿婆以前在上海干什么的呀，就只跳舞吗？”

“当舞女不跳舞还能干什么。”

“那她们是怎么认识的呀？”

“一个在别人家的房子里做工，一个在夜总会里做工，都是做工，有什么不能认识的？”

搞什么呀，原来是女仆之间的友谊。

外公外婆大约还是不服老，想动手的时候就不能忍，两人又一次甩鱼扔虾的时候，我的外婆脚一滑，把自己给摔骨折了。

外公这辈子照顾人是不可能了，反正照顾是不可能照顾的，只能不添更多的麻烦了，思来想去，我妈把外婆给接回了家。那时已经放寒假了，我看外婆总是躺着也无所事事，问她想看什么片子，我好出去买，外婆说：“那我要看刘晓庆。”

反正只是想看刘晓庆，那这个片子里最好全部都是刘晓庆，本着这个原则，我在文化市场里逡巡半日，选中了《火凤凰》这个碟。

这个碟非常神奇，刘晓庆一人分饰七角，大概讲述了这样的一个故事：单纯的丑女方盈盈被自己的好友潘美丽和老公谋财害命，大难不死还遇到了全世界最好的整容医生，然后她就打通任督二脉一人分饰七角了，一个小细节，整了容之后连近视都好了，这个故事告诉我们，整容可以治疗近视。

这个剧的情节是这样的戏剧化，情感是这样的炽烈，刘晓庆的演技又是这样的……和……娇憨，总之让人欲罢不能，我和外婆每天空了就一起看碟，这个电视剧真是引人入胜啊，唯一的问题就是时常要给外婆解释这个人是谁，那个人又是谁。

外婆：“阿桃是刘晓庆吧？阿桃好，是好人，清纯。”

我：“是刘晓庆。”

外婆：“这个坏女人是谁？她表姐不是个好东西吧！”

我：“也是刘晓庆。”

外婆：“凤凰这个女人不行的，太妖！我看有问题，坏人肯定是她！”

我：“还是刘晓庆。”

外婆：“臭男人！搞事情就是他！不得好死了！”

我：“不是的，这个是刘晓庆反串的。”

外婆："要死了，这个老太婆真的不是个东西，刚才是她搞事情害阿桃吧？"

我："没有啊，她就是刘晓庆。"

外婆："坏了！"

我："谁？"

美姨阿婆坏掉了，坏掉了就是死了，但老一辈的苏州人他们不说谁谁谁死了，他们只是很有默契地说，"哦，那个谁啊，他坏掉了。"往往也不见多大的悲伤，仿佛就是在讲一张旧木桌、一辆年久失修的自行车，坏掉了，很正常。

吃豆腐饭那天，外婆的腿可以走走了，她慢腾腾地挪过去看她上海滩上的朋友最后一眼，吃过饭，拿了长寿碗又慢腾腾地挪回来，回来后就在那里抱怨说美姨阿婆的遗照不行，"要死了，照片上还戴着那个丝巾，哪个给她照的？"

"各么[①]，她到了下面去也是要戴丝巾的对不对，你不好不让人家戴。"我的小舅打趣道。

"哦哟，我看别给阿美烧纸了，以后都给她烧丝巾吧。"

还会有人再想起那些歌声吗？"如果没有遇见你，我将是会在哪里，日子过得怎么样，人生是否要珍惜。"谁能讲明白这样的日子是好还是坏呢，未来模糊成一片，不知道还会遇到怎样的人，过着怎样的日子，这样的人生，又是否值得我们去珍惜呢？

---

①吴方言，语气词，怎么，那么。

Ⅱ 旅途中

薰衣草异闻录

一

有一年夏天，天气非常好，日日都是大晴天，白天棉花糖般聚拢起来的云，下午两点一过，准时落下雨来消散殆尽，天空真是一碧如洗，高远又迷人，是一个适合罗密欧与朱丽叶在葡萄园里相遇的日子。

爱情故事还未曾发生，维罗纳城内朱丽叶家阳台下的朱丽叶（铜像）本人已被游客摸出了一个锃光瓦亮的左胸，坊间传说能带来好运。与此同时，我也感受到了上帝冥冥之中的指引，逃了课，报了一家德国的旅行社，沿着南欧各个小城一路游玩到巴塞罗那去。

可能是死宅就不该出门，也可能是我的老师正在诅咒我，刚离开满城薰衣草味香皂气息的普罗旺斯，在去往巴塞罗那的大巴上我就剧烈地头痛起来。有多痛呢？毫无疑问孙悟空的金箍正戴在本人头上，唐僧已经念经念到了后半段，又或是某个不知名的黑衣人（可能是《柯南》里的）正拿着尖钉抵在我的脑袋上，手里的石锤使劲抡，我的脑壳已经出现了第一丝裂缝，甚至是……总之，人生陷入了前所未有的绝境，大巴已开上高速，前不着村后不着店，我已经痛得要不顾一个成年人的体面准备满地打滚了。

身旁的陌生人感受到了我由强烈意念辐射而出的崩溃，扭过头来，“你是不是不舒服？抹一点薰衣草精油，我刚在薰衣草博物馆买的，据说是用100吨薰衣草干草做出来的精油，卖给我的人说，这个可以镇静情绪，你快来试试效果！”

我痛得说不出话来，心里却非常生气，难道你看不出来我马上就要痛得死掉了吗，好歹给我一颗止痛药啊，为什么要给我什么薰衣草精油，还让我试试效果，你怎么不给我点上一圈薰衣草味道的蜡烛呢！我到底做错了什么，我是不是理解错了上帝的意思，上帝并不是叫我逃课，我又马上告解起来：我错了，我现在马上就回去上课，如果重新给我一次选择的机会，那一天我不会踏上……

告解到一半，精油堪堪抵到了我的脸上，对方非常热情，“你快试试！”

盛情难却，没办法，我勉强滴了两滴在手上，摁在太阳穴上揉脑袋，心里很绝望：等我扑街的时候就是一个薰衣草味道的我了，警察一定觉得很奇怪，我得了病却不去看医生，而在这里抹薰衣草精油。我怎么可能镇静情绪，我的情绪现在非常……不痛了，我的情绪也果然镇静了下来。

一切都分外平静，望着车窗外延绵不尽的绿林，我遥遥想到佛陀释迦牟尼在菩提树下第七日中的第七夜，领悟到了三明与四谛时，是否也是这样的心情，我甚至在心里还吟起了王维的诗：空山新雨后，天气晚来秋。明月松间照，清泉石上流。

二

那是一个令人愉快的春季，一切都刚刚好：咖啡店里卡布奇诺上的奶泡刚刚好；新出炉的牛角面包，香甜松软得刚刚好；就连街角烟草店里成串挂在那里的大乐透刮刮纸也承载着刚刚好的希望。

那么好的日子不睡一觉真是太可惜了，春困是来得这样猛烈，我整日整日用尽一切时间睡着，上课端着咖啡杯，下课跑上火车就开始睡。

突如其来地，某个仲夏夜，妖精王决定要让我失眠了。

我睁着眼睛，看着窗外倒挂着的银河一角陷入了沉思，怎么回事？果不是有什么重要的事情等着发生：譬如明天我要成为变种人了，我是不会原谅这次失眠的。

第二天，我没有变成变种人，而是变得特别困，所有的一切刚刚好都被搅浑了，咖啡不是太苦就是太酸，或者索性就是太焦，面包不是太扁就是太塌……不……这好像是一回事，反正，整个世界变得颠倒混乱。

好不容易熬到下课，吃过食不知味的晚餐，我急急忙忙洗漱完毕躺下，拉上被子的那一刻，我的脑海中突然一片清明澄澈，遥遥想到了梵天创造这个世界时的景象，据说我们都活在梵天的梦境之中，如果……等等，梵天创造这个世界时的景象我怎么知道，梵天都在睡觉，我为什么要醒着？！

看着窗外倒挂着一角的银河，我发出如此这般的质问，如果不是明天即将发生什么不得了的大事，譬如说某个亿万富翁要死要活非要把全部的财产都过继给我，我是不会原谅这次失眠的。

第二天，就连街角卖大乐透的烟草店也没有开门，世界变得一片混沌，仿佛盘古还未曾开过天地，共工又反复撞倒了不周山，饕餮正在蚕食我的梦境与现实，一切的边界都变得模糊了起来，上课时能看见隔壁邻居家的猫，回家了能闻见上课时喝的拿铁咖啡味。

我恼怒地向室友抱怨道：“为什么人类已经能探索火星了，

却不能发明一种强效睡眠喷雾，一喷我就立马睡着，然后又有一种清醒喷雾，一喷我就精神百倍，甚至可以去社交！”

室友听到此处，拈花微笑道：“有的，这种睡眠喷雾是有的。”

我恼怒地向室友抱怨道：“哪里有得卖，军情六处吗？”

“跟我来。”

“哈？你这都知道？”

我们走出家门，离开小镇，来到山上的主城，穿过系满了彩色气球的面包坊，穿过脂粉气浓郁的香水店，来到一条稍稍清净的街道上，“就是这里了。”室友徐徐讲道。

我抬头一看欧某丹，恨不得立刻躺倒在地，滚动起来，一边跳脚一边骂，“我马上就要死掉了，在我死之前，你竟然带我翻山越岭来买护手霜，信不信我告你见死不救！”

“不是啦……那个睡眠喷雾……”室友一边嘀咕一边走进去，“让我们找一找这个睡眠喷雾。”

逡巡了一圈，又艰难地向店员描述道，“啊……那个……紫色的……薰衣草味道的……枕头……”

店员理解了一下，给了我们一瓶紫色的薰衣草喷雾，上面写着用来喷枕头，作用是：镇静情绪。

真是让人生气，喷枕头有什么用，我需要的是往我脸上一喷，我就会立刻马上昏睡过去的那种，竟然让我买什么薰衣草喷雾，干脆在我身侧点一圈薰衣草蜡烛好了，我到底做错了什么，上帝要这样对我。不，不是我的错，一切都是社会的错，这个吃人的社会，“我横竖睡不着，仔细看了半夜，才从字缝里看出字来，满本都写着两个字是‘吃人’”！

“对，就是这个，”室友露出了满意的微笑，“买了。”

“啊啊？怎么就买了，还那么贵！”

晚上我万念俱灰地坐在床上，室友在我的枕头上反复喷洒三次喷雾，“好了，一会儿就能迅速入睡了。”

我躺上去，拉好被子，“怎么可能，我告诉你，这个玩意儿要是有用，我就把它给吃……”

话音未落睡着了。

醒来已是下午，我的心情分外平静，望着窗外的婆娑树影，望着邻居家的月季花与猫，遥遥想到两千五百年前，手握金婆罗花的佛陀与摩诃迦叶那微微拈花一笑，甚至还想到了一本名叫《微微一笑很倾城》的小说，不知道和这典故有甚关联。啊，不知道，又是一个刚刚好的春日下午，就是把上午的课给睡掉了。

幻象

我们第二次从地铁口出来时，室友Z带着明显的焦虑神情一刻不停地在查看谷歌地图，他抬头观察街道又迅速低头查看地图。

周围的一切都是明晃晃的，建筑和街道都是典型的地中海小镇风情，双层的观光巴士从街角驶过，露天的上层并没有游客，太可惜了，我心想。

“我们从这儿过去。”室友紧蹙着眉头，指了指街对面，“然后还要转一次巴士。”

我耸了耸肩，“那走吧。”

我们穿过马路，我注意到今天的天空澄澈湛亮，像新海诚，像宫崎骏，像玛塔的黄金城。我们路过一家面包店，接着是下一个街区，橡树在微风中轻轻拂动，“你们为什么要换校区上课？”我不解地问道。

“我也不知道！”室友 Z 焦躁地左顾右盼寻找正确的道路，“现在就已经迟到了。”

“迟到了会怎么样？你们教授会呵斥你不让你上课吗？”

握着手机的 Z 顿了一下，“那当然不会了，就是不太好，我的 Team partners 现在可能就在怪我，而且当着全班同学的面走进去，这怎么行，Shame on me！”

“不过不管怎么样，你已经迟到了。”

我们继续加快步伐赶路，他的风衣下摆被带起又落下，这个城市宁静又轻快，干净又舒心，我以前从未来过这里。

Z 看了一眼地图，用力地耸了耸肩，将握着手机的手重重垂下，转过身来看着我，“这地图有毛病，这里已经没有路了，我们怎么穿过去？车站就在这些居民楼的后面。”

“我们得想办法绕过去。”我开始观察周围可行的路径，而室友 Z 则非常丧气，“等我到了校区找到教室，可能已经午休了。”

“既然今天要去新校区，我们为什么出发那么晚？”我突然产生了一个疑惑。

“我不知道。”Z 为难地摇了摇头。

等靠近了那片居民楼，我们发现在砖红和奶黄色的两栋公寓楼间有条狭小的通道，看样子似乎仅容一人通过，而尽头的光在通道的那一头召唤着我们。

阳光噼里啪啦地鞭打在墙上，好像盛夏，室友Z抓起我的胳膊，“还等什么呢，走吧，赶紧去搭巴士，然后就到学校了。”说着他就要往里挤。

我看着那狭小的、奇怪的通道，一把拉住他，“不不，这不对劲。”

“有什么不对劲的到学校再说吧。”

“你不要着急，”我看了看四周告诉他，“我觉得，我们是在梦境里。”

Z目瞪口呆地看着我，“哈？”

“像不像《盗梦空间》里的场景？”我指着那条通道，“现实生活中是不会出现这种建筑的，两栋建筑之间一条极其狭窄的通道，一来不符合规范；二来，就算有，早就堆满了垃圾，你想想是不是这样？”

室友Z表示难以理解，“就因为《盗梦空间》里有类似的场景，你现在告诉我，我们在梦里？”

“我们真的在梦里，”我认真地看着他，“你还记得我们今天早些时候干了什么吗？我们为什么会出现在这里？”

他艰难地思索了起来，“因为……因为……我们要一起去新校区上课？”

“上什么课？新校区指的是哪一个？你要上什么课，最重要的是，我怎么可能和你一起去上课，我的课早就上完了，你还记得吗？”

“是哦……”室友 Z 终于从焦虑中解脱出来，“我们没理由一起去上课啊！我们今天早上是怎么出门的，我一点也不记得了。”

“你当然不记得了，因为梦境是没有开端的。”

我们坐在街角的咖啡店里，外面有个绿茵如画的公园，像春末又像初夏，室友看着窗外的风景，“你最好确定一下，现在我们在梦里，不然我一会儿没法解释。”

“我很确定，”我举起手中的咖啡杯，“这个地方我们来过吗？我们已经在这个城市待了很久了，如果有这么美的一个地方，我们不可能不知道。”

“对，”他紧张地捧起了咖啡杯，“你这么一说好像真的是在梦里，哇，这个梦好有真实感。”说着他又拿起手机，“我竟然能在梦里查看谷歌地图，简直了！”

我看着他，“你今天说话怎么那么像我，而且你为什么今天一天都捧着手机，只有我才会这样。”

他疑惑地看着我，我突然明白了，“这是我的梦境，你就是我潜意识里的一个幻象。”

“这不公平，你的梦境，焦虑的人却是我。”

“别傻了，你就是我，你又不是我真的室友。”

“也是，”他艰难又古怪地点了点头，“那既然是梦，别继续睡着了，你赶紧醒过来吧。”

我捧着咖啡杯，看着他，“我也想啊，但又不是我想醒就可以醒的。”

“那你得做点什么吧？”他催促道。

“通常来说，在梦境中吃东西，下一秒就会醒了，因为总是吃不到。”

“对对！”室友 Z 高兴道，“那我们喝咖啡吧！”

咖啡不见了，我刚刚手里还捧着咖啡杯，这会儿变成双手平放在咖啡桌上了，“OK，看来这个梦不想让我们醒过来。”

室友 Z 摆出一副成竹在胸的表情，“我们叫老板再给我们上一杯咖啡，然后当场喝，就能醒了。”

“我猜你不是无论如何喝不到，一切都变成了让人焦心的慢动作，就是老板压根儿不出现……”我停顿了一下，“我们是怎么进店的？我们没有进店，也没有看见老板，实际上我们直接就坐在了这儿，因为我想和你展开一段对话。”

“不要问我，我不知道，这是你的梦境，”室友 Z 快要抓狂了，“我确实是记得，我们站在那个通道边，接着就坐在这儿喝咖啡了。”

“所以没有老板，也没有任何人，”我看着室友 Z，“这个城市除了我和你没有第三个人了，因为我不太擅长在梦境中幻想出人类，而且你最好希望，这仅仅只是一个充满了象征意义的、思辨性质的梦，因为我梦境中出现的类似人类的东西，通常都很恐怖，比如丧尸或者鬼怪，你也不想待会儿咖啡店外围满丧尸，然后我们发了疯一般地逃跑吧？”

室友一脸厌恶地看着我，“你真是够了，这个梦太真实了，一点都没有平常梦境里那种阻滞感和虚幻感，我不想看见丧尸，一般在梦里，怕什么来什么，你提了丧尸，待会儿就会有丧尸。”

我们听到咖啡店外传来奇怪的声响，越来越近了，室友紧张地看着我，“All right，可能真的是丧尸，你赶紧给我醒过来，没跟你开玩笑。”

“我也不想看见丧尸，你想一想，为什么梦境中不可以吃东西，因为梦境中无法获得真实的感受，比如我咬下了一口红烧肉，好了，没有任何味道，哗啦一下，梦境瓦解了。对……要瓦解梦境，要意识到这是不可能发生的，梦也就结束了。”

室友惊恐不安，“你快点说结论！我真的听到声音了！”

“来，你拧我一下，我感觉不到痛，梦就瓦解了。”

“好吧好吧。”室友伸出手来，“你想想，我有多惨，我在梦里是着急去上学，我醒过来还不是要出门去上学，我还不如待在这个梦里呢，等醒了过来，还是重复这个过程。”

“你最好快一点拧我，当心一会儿我消失了，你却永远停留在这个梦境里，我的意思可不是一直在喝咖啡，而是永远停留在想去上学可永远到不了学校的焦虑中。”

“马上就拧你。”室友被我的话给吓到了。

我看见他伸出手来，我把手臂伸过去，我们的动作开始变得缓慢起来，“OK，梦境开始波动了。”

“总算要结束了。”他开始拧我的手臂，我感觉不到疼痛。

我冲他挑了挑眉，摆出一副“你看我就说吧”的表情，Z的身影开始扭曲起来……

醒来后，我第一件事情就是确认了一番，我已经不用去上学了，以及现在这个是现实世界，对……这个是现实世界，我能回想起昨天打游戏打到半夜，能回想起更多真实发生过的事情，然后我开始例行地刷牙洗脸，出来的时候撞见了同样刚起床的室友。“嗨！”我打招呼道，“我昨天梦见你，在梦里和你经历了一些非常神奇的事情。”

“我们去拉斯维加斯了？”

“去拉斯维加斯有什么神奇的，我梦见我们一起去上学了！”

“我们一起去上学有什么神奇的？”

“不不不，”我耐心解释道，“那个梦太真实了，以至于我们都没发现那竟然是个梦，一个在努力寻找一个永远都到达不了的校区的梦。后来我开始意识到那是个梦，接着我们开始想办法醒来，最后我发现了，瓦解梦境中的现实感，就可以立刻醒来。”

“Amazing！”室友Z喊道，“那这个世界呢，这个是现实世界吧，你要怎么意识到这是个梦境呢？”

“你称呼它为‘现实世界’说明这不是梦境。”我一脸蒙地看着他。

“不不，这也可能是一个名为‘现实世界’的梦境，你怎么能确定，现在不是在梦境中呢？也许这个梦境里的感觉就是这样的。”

“OK，你现在让我觉得毛骨悚然了。”

“你记得你刚才说的那个瓦解现实感的理论吗？我们来试试看瓦解这个‘现实世界’的梦境的现实感如何？”说着Z撸起袖管，“来，你拧我一下。”

“不不，”我打断他，“如果这个世界也是梦境，那么这个世界的运行法则就是我拧你你会痛，食物会有色香味，这是一个更高级的梦境，所以我们要做一些这个世界不可能出现的事情来瓦解它。”

“有道理，那么比如说呢？”

“比如说……呃……”我举起双手，放在室友头上，“我的手中将会出现一个纸团，当我松手的时候，纸团会砸在你的脑袋上。”

他艰难地斜眼望了一下我的手，“你手里只有空气。”

“所以，这就是事情的关键，在现实世界中，人类是不能凭空创造出东西的，能量是守恒的。OK，我要松手了。”

我松手了。

“OUCH！”室友Z喊了一声，“有东西砸到了我的头。”

我们面面相觑，接着空气中有个纸团砸在了我的脚上又弹开了。

“这下好了，”我恼怒道，“这下我们又该醒到哪里去呢？”

宇宙是一盘意大利面 

季节早已遗忘在风声与花香之中，你知道的，反正托斯卡纳永远艳阳高照。圣尼古拉斯之门静静守望着阿诺河，玫瑰园里的香气蒸腾在米开朗琪罗广场的上空，共和广场上的木马停止旋转，碧提宫与波波里花园中的世纪珍宝仍旧闪耀着光辉。

大约就是在这样的一天，平凡的、日复一日的、只属于佛罗伦萨的下午，我遇到了那个奇怪的旅伴。

他从远离景点的城区另一侧走来，沿着火车站的坡道入口进入站台，晃晃悠悠又漫不经心的样子，一副标准旅人的打扮，蓝白色块大面积拼接的运动外套，一个背得旧旧的卡其色牛津布双肩包，放着水杯的那一侧，还用登山扣吊着一双用塑料袋包好的人字拖，当他走路的时候拖鞋反复敲打在背包上，发出轻微的拍打声。

“是去往北部的火车吗？”他看了看站牌又向刚好站在他身旁的我确认道。

“嗯，是啊。”我一边往嘴里塞能量棒一边又下意识地看了一眼信息屏，上面显示着去往米兰方向。

“你没有吃午饭吗？”他指了指我手里的巧克力能量棒。

确实是没有吃午饭，因为我一早从一个南部小镇出发，坐了好几个小时慢腾腾的区域间火车，来佛罗伦萨中转去往更北部，看来在饥饿与疲倦之时摄入甜食并不能让人保持活力，只会越发地昏昏欲睡起来，这会儿在暖洋洋的日光下，我几乎连眼皮都快抬不起来了，只能边机械地咀嚼边随意地发出一些应和之声。

“去咖啡店喝一杯吗？”他向斜后方侧了侧身子，干枯蓬松的亚麻色头发随之在空气中晃动，脸上带着一种既轻松又亲切的神色，不像是长途而来的疲惫旅人，倒像是佛罗伦萨的本市居民，在一个惬意的午后吃过午饭出门赴约。

“哈？”我听到自己迟钝的疑惑声时，已经站在了咖啡店的吧台前，“那么就两杯 Espresso？”他在一旁张罗。

“啊……不，我不喝 Espresso，给我一杯 Cappuccino 就好。”

“你不觉得这很奇怪吗？”他转头看向我，“你在意大利却不喝 Espresso，这是为什么呢？”

“没有为什么，”我接过他递来的大杯 Cappuccino，“我就是不喜欢喝。”

“我明白了，所以你的选择是不会改变的。”他一口喝完了手中的小杯 Espresso，“试想一下，即便我一千次地请你做出选择，在这个时间节点上，你的选择却是永恒的，不是很有意思吗？”

“有意思在哪里？”带着香气的咖啡因敲打着我的脑袋，似乎又可以开始思考了。

“有意思的地方在于，人生并不总是随机和充满变数的，假设你的人生从刚才开始，可以重复一千次，理论上你将拥有一千个完全不同的人生，可实际上，这一千个人生最开始的五分钟都将是一样的，你会像现在这样选择喝一杯 Cappuccino，没有一次会选择 Espresso，不管我把时间拨回去多少次都是一样的对吗？那么你想一下，即使人生可以重复一千次，我们真的会有一千个完全不同的人生吗？还是殊途同归，在不同的平行世界中，做出一样的选择，过着相似的人生，又或者没有这样绝对，重复一千次的人生，最终只能过出三到五种不一样的生活，我们所以为的变化和可能性远比想象中要少得多。”

我把咖啡杯放下，思考了一下他所说的话，“你的意思是说，人生就好像钟摆那样，从一端到另一端的过程看似充满了无数的可能性，实际上开端和终点一早都是固定好的，即便一千次地摆动，看似每次都是一次全新的运动，但轨迹却是永恒相似的。”

奇怪的旅伴扯了扯袖子，向侍应生要来一个果酱夹心羊角面包，“没有那么绝对，”他看了看窗外正在进站的红色列车道，“好比这辆‘欧洲之星’，你固然可以跳上跳下无数次，你可以选择某个地方停留并开始你的人生，可以是罗马也可以是佛罗伦萨，但你的选择包含在列车的行程之中。”

眼看时间也差不多了，我们走出咖啡店登上列车，由于车厢内空余的位置还很多，得以不用按照车票上的座位落座。随意选了一个靠右的位置坐下后，奇怪的旅伴便从背包上解下吊着的拖鞋，将自己的球鞋换了上去，两根鞋带松垮垮地系在登山扣上，卡其色的背包被他扔在靠窗的座位上。

在他熟练换鞋的过程中，我向他提起了在琉森遇到的北欧背包客，好似已经在世界各地流浪旅行了一整年的样子，脚上一双脚趾磨穿的球鞋，登山包上还挂着另一双破烂不堪的运动鞋，背包的下层拉链处挂着一个网兜，里面塞了一些不锈钢的锅碗。晚上当我回青年旅舍的时候，高大的北欧客又席地而坐，掏出一个电磁炉用他的牛奶锅在煮意大利面，一旁还散落着蔬菜、鸡蛋、小番茄，想劝他吃包泡面算了，还方便，后来一想，这对于北欧人来说，就算是泡面了吧。

“啊，我就是从北欧一路过来的。”奇怪的旅伴靠在座位上。

“我以为你是从更南部过来的，所以你从北欧过来，现在又要去北部？”

“如果你说的是上一站的话，上一站是那不勒斯，更早之前，我在北欧晃了一圈，还以为在冰岛会更容易想明白一些事情。”

接着他便讲起了在北欧的种种经历，譬如在北欧的旅程大部分时间都在车上，入境就必须租车，否则寸步难行。雷克雅未克或奥斯陆市内的人文景点，博物馆、歌剧院之类的，当然可以倚靠市内公共交通，然而一旦你想领略自然风光，就得驱车途经一段又一段荒无人烟的公路，加油站是自助的，自动贩卖机也是纯手动的，零钱扔在旁边的红色铁皮箱子里，饮料你拿走，大概是因为没有足够的人力来沿途按时维修和照顾这些机器。

最麻烦的事情在于，你无法一个人完成这些，冬季的风暴和大雪让你无法独自上下车和开启后备厢，“你知道我得到的最大的教训是什么吗？”奇怪的旅伴叹了口气，“没有仔细去想为什么北欧的车辆保险从来不包括车门险。”于是出发的第一天，第一次下车加油时，车门就被吹走了，接着便是保修、折返、赔偿和重新出发。

你需要一个臂力不错的同伴，每当需要下车的时候，这个人便会第一个下车，他必须牢牢握住自己的车门，并将之顺利关上，再绕到旁的车门前，抵住车门，让别的同伴下车时车门不至于被吹飞，如此这般车上的人一个接一个鱼贯下车。开后备厢的时候，则需要壮汉两名，一左一右护法一般摁住后备厢，防止车盖被掀走，同时抵挡住来自身后的强风，否则烈风会将后备厢里的食物和水卷得到处都是，第三个人迅速取走需要的物品，然后大家关上后备厢，鱼贯躲入车中吃饭。

“有一天，天气特别冷，风暴看起来也比平时更大，但是我们有满满一车人，只要车子不会被吹走，可以稳稳地开在公路上，就可以继续前行，我们努力向着北极圈的方向开，希望可以遇到极光，那天车门和后备厢都没有出什么问题，我们非常当心，但是当当地人警告我不要一个人加油的时候，我没有放在心上。”奇怪的旅伴单手撑着下巴陷入了回忆，“现在想起来还真是冷啊，果然是南欧所不能想象的寒冷。”

“你被吹上了天是吗？”我问道。

“啊，是啊，太大意了，也许是因为那时候真的穿了非常多的衣服，非常非常多，大概是现在的十倍那么多吧，觉得自己好像是一个移动的树桩子，心想，我怎么可能会被吹上天呢，下车的时候还好，拿着油枪加油到一半的时候，突然一阵我所遇到过的最猛烈的风迎面吹来，一下子连带着油枪一起飞到了半空中。”在风与风的间隙，他跌落在地，油洒了一地，然后抓着油管放回油枪，大家合力抓着他跑回了车中。因为没有足够的油抵达下一个预定的目的地，当晚歇在一个陌生的小镇人家中，冰岛人允许他们在车库中过夜，还拿来了一些冷三明治和冷面包、几瓶水，他们挨挤在车中靠着取暖，奇怪的旅伴心想，也许现在，这一刻外面正有极光在闪耀呢。

从意大利的中部出发至北部，需要途经一片丘陵地带，村庄和小镇便隐藏在起伏的翠色丘陵间，时而能见到雪白的钟楼一角，时而又能看到高居山顶的砖红色修道院，慢慢地我又开始感到困倦，在对面那奇怪的旅伴断断续续的搭腔中合上了眼皮。

“啊，快看，那里有个漂亮的小瀑布！”被旅伴的呼喊声所惊醒，等我扭过头去趴在窗户上张望时，那个小小的瀑布早已被飞驰的火车抛下，我不由自主地叹了口气。

“嘛，没有什么的，你还会无数次地坐上这趟列车，有无数次的机会可以看到这个小瀑布。”奇怪的旅伴靠着椅背惬意地和我说道。

“我已经搬家了，恐怕不再有机会像以往那样频繁地往来佛罗伦萨。”

“不，我不是这个意思，”这时列车员推着饮料车经过，他要了两大杯 Cappuccino，“我的意思是，你会无数次地在这一天，登上这趟列车，今日所见到的风景，你已经见到了无数次，而你，还会继续无数次地见到这些。”

我拿起碟子上的咖啡黄糖撕开倒入杯中，“这无数次重复的旅程中，坐在我对面的人仍然是你吗？”

“是我。”他点了点头，“我们今日的对话，也将反复发生一百万次。”

黄糖落入之处，奶泡被一一击碎，我拿起白色的塑料搅拌棒将糖粒搅匀，剩余的奶泡便也就被我拂开了，“你刚才说，以为在冰岛会更容易想明白一些事情，所谓的事情，就是人生会重复无数次这件事情吗？”

“我想搞明白宇宙真正的运行法则，无穷无尽的循环往复之后又是什么。”

“可是我记得你之前说过，重复一千次的人生就像这趟列车，每一次你都可以选择不同的站点下车，虽然这些站点都在预定的行程之内，但每一次总归是不太一样的不是吗？”我这样反问道。

“你知道这个世界的真相是什么吗？”奇怪的旅伴微微皱着眉头看着我，“你有没有想过，当你结束人生的最后一秒之后的下一秒是怎样的。”

认真地想了一下后，我回答他，“我才不关心我死了之后的世界呢。”

“对于这一次的你来说，你已经结束了全部的旅程，当然可以不再关心，”他耸了耸肩，喝了一大口咖啡，“可是你不要觉得从此以后，这个所谓的‘你’就彻底消失了，哪里有这样的好事，你不会消失的，下一秒，你又变成了另外一个什么，赫尔辛基的燕鸥、阿拉斯加的彩虹鳟鱼、八十年代的美国嬉皮士、复活节岛消亡前投身狂热宗教的土著居民……”

听到这里我打断了他，“我想成为一株冷杉。”

“在漫长的永恒中，你一定成为过一株冷杉，而后又一百万次地重复这段经历，”奇怪的旅伴肯定地告诉我，“你知道这个世界的真相吗？真相就是，人生就是一个永恒的Loop，一再重复，没有停止的那一天。”

“那么，你的意思是，人生就是结束之后立刻重新开始，但是这个重新开始不是无限的，也许是一千次也许是一万次，在无数的平行时空跳跃重生，最后一次重生结束后，这一个循环就彻底结束了，然后回到原点，一模一样从人生的第一次重新开始。”我试着总结归纳一下他的中心思想。

“Exactly！”他打了个响指，撕开一包火车上配送的小零食，“虽然很难接受，不过人生的真相即是如此。”

“我们首先确定一件事情，你怎么知道这就是人生的真相？”我看着这个奇怪的旅伴，突然想起来一件事情，“我是不是还没有问过你叫什么名字？你是谁？”

“啊，名字，又是名字，不过我的名字毫不重要，下一个Loop再见时，如果你仍想知道，我会告诉你的。”他展露出一个温和的笑容来，“也许你很难相信，好吧……就当我说的不是一个真理而是一个假说，那么你需要用另一个假说来驳斥我的假说，说一说你眼中的世界是怎样的吧。”

世界究竟是怎样的呢？我好像从来没有思考过这个问题，如果你非要问我的话，我倒是能想起另一件事情来。大约是去年的现在，原先的室友之一为了追寻爱情搬去了另一个城市，他空出来的屋子转租给了一个北欧学生，这个北欧学生表面上宽厚热情，心里却和我们很是疏远。我们几个当时虽然租住在同一间屋子里，却因为各种各样的原因，很少坐下来一起吃饭聊天，更别提成为朋友这种天方夜谭了。

假期来临前不久，我们几个陆陆续续考完自己的最后一门课结束学期生活，一个夏夜的晚上，我们难得坐在一起喝酒，露台上栽种的月季开得正好，干燥又炎热的晚风扑面而来，不远处的德国餐馆传来啤酒杯碰撞的声音。

不知怎么谈到了世界上到底有没有真正的神这个话题，也许是喝酒使人健谈，也许是离别在即，向半个陌生人的我们袒露心声格外合适，这个北欧学生突然开始说道，他一直有一个想法，他觉得真正的神其实是我们自己，我们每个人，世界上所有的人，其实都是同一个人，但是又不太一样，神，天地间唯一的一个真正的神，宇宙万物的主宰，真正的造物主，将自己的每一缕神丝抛入地球，神丝即为灵魂，万亿神丝为核，凝聚成万亿生命，我们，所有生命的合集即为真正的神，神是“我们”，“我们”是神。

我将这个假说原原本本地告诉了奇怪的旅伴，奇怪的旅伴大约只思考了一秒，“有趣，但是不堪一击。”

“哈？”我惊讶于他的傲慢，“为什么这个假说就不堪一击，反正同样都是无法证实的东西，你的却是真理吗？”

“那么这个‘我们’是神的假说，解决了任何问题吗？神为什么要将神丝抛洒入地球，神的神丝抛入地球后，神还是神吗？神只能以‘我们’的形态存在着了吗？所谓的这个‘我们’可以决定自己的命运吗？有着超自然的能力吗？”说到这里他耸了耸肩，“稍稍提出几个疑问，你就会发现这个假说漏洞百出。”

“哈？”我将已经冷却的咖啡喝光，“原来超自然的力量或者神这样的东西也要符合逻辑啊，我以为他们是不需要的。”

“可以不符合逻辑，但是要回答问题。”

“其实你也没有回答我任何问题，譬如你是谁，你叫什么名字。”

列车员过来将我们喝光的咖啡杯连带着那些零食袋子一起收走，奇怪的旅伴又花钱买了一杯 Spritz，明明只见他买了一杯，不知何时我的面前也多出了一杯。但他没有搭理我的疑惑自顾自道：“我有过成千上万个名字，我也曾经是卖花的少女、蛮族的少年、斯巴达的勇士、织花姑娘的母亲、垂垂老矣的老妪、富有而孤独的亿万富翁……我可以是任何人，我要怎样定义我自己呢，我又要怎样向你解释呢，我想下一次重新开始这个 Loop 时，也即我们再次相遇时，我再来考虑吧。”

“你说过这些 Loop 会无穷无尽地重复下去，如果我们死后就是一片永恒的虚空和我们一直在永恒的 Loop 中，也没有什么区别吧？”我向他抛出一个真正的问题。

他轻轻地敲着酒杯，橙色的鸡尾酒中，气泡正在拼命往上涌，“你一定要慎用永恒这个词，因为你根本不知道永恒的含义。”

“嘛……永恒嘛，也许就像《西游记》中凤仙郡求雨那段，玉帝大怒，要求拳头大小的鸡吃光米山，哈巴狗舔完面山，一盏小灯烤断黄金大锁，才可以为凤仙郡降雨那样。”

“不，这不是永恒，这只能叫一段漫长的时间，这些都有结束的那一天，但是永恒没有，永恒就是永恒，永恒是无尽的。”他喝光了面前的酒，“让我来告诉你永恒究竟是什么。”

“首先，”他伸出一根手指来，“你所知道的可以描述出来的最小的一个瞬间是什么？”

略微思考了一下，我回答道，“如果简单以 10 退位的数学概念来讲，那么小数点之后由大到小依次为分、厘、毫、丝、忽、微、纤、沙、尘、埃、渺、莫、模糊、逡巡、须臾、瞬息、弹指、刹那、六德、空虚、清静，最小的一个有名称可以清晰描述出来的瞬间是清净，也就是 10^{-20} 秒，应该是这样对吧？”

奇怪的旅伴耸了耸肩，“那我们就以数字来讲，你所知道的可以描述出来的最大的一个数字又是什么呢？”

如果是这样类比的话，那就好回答多了，“一样按照10进制来讲，首先是一、十、百、千、万，这之后按照万进制来说就是，亿、兆、京、垓、秭、穰、沟、涧、正、载、极、恒河沙、阿僧只、那由他、不可思议、无量大数，所以我所知道的有名称的最大数字就是无量大数，不过无量大数是多少呢……我算一下……是10的68次方是吗？”

“好，那我们就假设清静和无量大数是地球上最小和最大的两个数字，所谓的永恒是什么呢，是宇宙在1清静秒中诞生出无量大数个平行世界，而你要一一经历，等你全部经历完，宇宙的时针刚刚划过1清静秒；你所路过的城镇名称写在纸上将恒河沙数次折返地球与太阳的距离；你将要度过的日子，以10进制来算，让一个新生的婴儿往后加0，一直念一直念，念到死去的那一天，这些日子在永恒面前连开始都算不上；一根弯弯曲曲的铅笔线画满哈勃望远镜所能探测到的全部宇宙，你拿着一块绘图橡皮，一点一点擦完，时针的秒针还没走出第一下；地球从诞生第一个人类到现在，所有存在过的人头脚相连，你踩着千亿人口前行，等你踏完最后一步，在宇宙的旅程中你还未来得及踏上家门口的地毯……”

他还未说完，我就感到一阵战栗，“好了，不要再说了。”

“你感到害怕了，但是这很正常，面对真正的永恒，谁都会害怕，永恒可不是一样好东西，永恒是这个宇宙中，这个虚空中，最可怕的东西，你记住是永恒。”

“我本来还没有感觉很害怕，是硬生生被你说得很害怕。”

“这一瞬间的害怕，也会永恒地重复着，两千万年之后，我们会再一次回到这辆红色的‘欧洲之星’上，我们会再一次地喝起咖啡和鸡尾酒，你会上万次地询问我的姓名，质问我究竟是谁，而我，我会和你说着一模一样或是不同的话。”

“为什么非得是两千万年一个 Loop 呢？我这一辈子所遇到的一切，两千万年之后，我还会一模一样再遇到一次吗？而两千万年之前，所有的一切，又一模一样已经发生过一遍了是吗？”

“是两千万年还是一千万年都没有所谓，我这样说，只是因为两千万年是一段你无法想象的时间。”奇怪的旅伴顿了一下又强调道，“以你短暂的蜉蝣一般的记忆来说，这是无法想象的漫长，而这一切还只是永恒最边缘的仆人。”

不由自主地想往后靠一靠，再靠一靠，往后挪动一毫米再一毫米，最终我讲道：“好了，我们不要谈永恒了，换个话题来聊一聊吧。”

“如你所愿。”奇怪的旅伴轻轻侧了侧脑袋，他蓬松的亚麻色头发和侧脸在不断掠过的景色与阳光中时明时暗，陷入阴影。

“你相信这个世界上有神的存在吗？”不能说我为什么想要问这个，实际上我一直渴望知道答案。

“首先，我应当问你，什么叫作存在呢？”

糟糕，我发现这个问题如同“永恒”一样，凡人无法触及，一旦细究立刻陷入一片虚无。在沉默中，车窗外的光影渐渐晦暗了下来，深橘色的天空沉甸甸地压在天际线尽头，宣告着夜色不可阻挡的降临，美丽的南方小镇渐渐消失，取而代之的是沿途的工厂，我想我们进入意大利北部了。

不知道这场沉默持续了多久，他又开口了，“其实，在历史的记载中，所有曾经在地球上存在过的人类，绝大多数都是拥有宗教信仰的，也就是说地球上存在过成千上万个神，我们简单地将这些神划分为旧神与新神好了，旧神大多已经随着信众的消逝而消逝，有些还在古籍中留下过名字，有迹可循；有些随着古籍一起化为了粉末；有些则干脆没有存活到人类发明出文字的纪年。那么我告诉你，在文明纪元以前，有过一个神名叫 Vulcanus，和后来的希腊神重名，但他出现和被人崇拜在更早之前，现如今，或者说数千年以前，整个地球上就不再有人知道他的名讳，不再有人知晓他曾经存在过，这样的一个神 Vulcanus，你认为他还拥有力量吗？他还在吗，还在一个我们瞧不见的次元吗？”

“我想……我想他应该已经不存在了吧。”我没有一套行之有效的来判断神的标准，但是直觉告诉我，这样一来，神也就不存在了吧。

“没错，他很早以前就不存在了，以后也不会再出现，彻彻底底消失了，但随着旧神的消失，又出现了许多新神，所以你明白了吧，神不是永生的，神也不是一开始就存在的，你问我，神存在吗？不如想一想，宗教存在吗？我想这个问题没有第二个答案，宗教是存在的，伴随着人类的出现一并出现了，可是为什么人类需要宗教呢？”

“我想是个体的存在太过渺小，而宇宙却又是无限的，渺小的个人无法直面整个宇宙，会在恐惧和虚无中发疯。”

“当时当下，有数亿人同你一样，没有任何宗教信仰，为什么你们却没有发疯呢？”奇怪的旅伴反问我。

这下真的问倒我了，我发现自己的回答是这样一触即溃，这也许甚至不是我本人思考的结果，大约是某一天，某一段话，某一本书，随随便便什么地方，随随便便什么人，一些片段、一些文字飘入我的耳中，映入我的眼帘。

“凡人不能尝试理解何为永恒和存在，但宇宙却需要秩序，于是宇宙让凡人之中产生了神，神带给凡人秩序又依靠凡人的崇拜而诞生，信众消亡的时候神也会随之消亡，因为神已不能提供秩序，不被宇宙所需要了。”

他说的似乎很有道理，一个恍惚黑夜已经吞没了最后一丝光亮，车厢里也不知何时亮起了灯，推着小推车的乘务员又开始来回贩卖食物。

我望了望窗外，景色和树影在夜色中模糊成一片，变成了倒映在玻璃窗上的幢幢剪影，好像调快速度播放的南洋皮影戏。

等我们开始吃另外一些小零食，一起喝今天的第三杯咖啡的时候，我问他："虽然有些冒昧，但是你到底多少岁了？"

"啊……这个问题，"他咬了一口简易包装的杏仁巧克力块，"你问我多少岁了，这个问题我要怎样回答你呢，你的一分钟和我的一分钟同样漫长，然而你们所谓的时间对我无效。"

"时间对你无效……这又是什么意思？"我差点被刚喝的咖啡呛到。

"你知道造物主没有非要你们死亡，死亡只是繁衍的副作用，人类的生命以世代更迭的方式进行，如同一朵花，如同一只飞鸟，潮汐重塑了沙滩和大陆架的地貌，火山爆发拓展了大洋也分裂了板块，这和时间没有关系，虽然在或短或长的时间中，这些发生了，但不是时间导致了这些，而是万物都有自己的运行方式，但是另一些东西，他们的运行方式决定了他们和时间是没有关系的。"

我连忙咽下了嘴里的坚果，"比如说？"

"比如说玻璃瓶，你知道如果你在海洋中扔一根香蕉皮，它需要……好吧，取决于你扔在哪片大洋，北冰洋的话，也许需要花费一个人一生的时间它才能彻底被分解掉，但是你在一个宁静的海域投下一个玻璃瓶，你猜一猜，需要多久这个玻璃瓶才能被彻底分解掉？"

"一百万年？"我试着猜测了一下。

"不，答案是永远不能，接近你所能想象的永恒，这时候，玻璃瓶的运行方式中就不包含时间，你明白这个意思了吗。”

“你的意思是说……时间对于我们来说一样公平，我的一分钟和你的一分钟，在感受中一样长，然而你的运行方式中时间不是一个变量。”

“正是这样的。”他点了点头。

“我明白了，你已经存在了非常长的时间，活这么长会觉得无聊吗？你的生命会有结束的那一天吗？比如说两千万年之后。”列车员收走了我们桌上空掉的咖啡杯和零食袋。

“你还是不太明白，如果时间对于我来说不是一个变量，那么时间就不能束缚住我，我很难说我存在了多长时间，因为我的生命不以时间来计量。”

“那么以什么来计量呢？”

“无法描述，正是因为无法描述，我也无法定义我自己，总之确实是不可名状，我也不知道自己究竟活了多久，去过多少地方，我记不清这些，我不仅仅在这里生活着，我在另外的那些时空也存在着。”

“你是指……平行时空。”我瞪大了眼睛看着他。

“你还记得我和你说过什么吗？宇宙在一清静秒中诞生出无量大数个平行世界，然而事实远不止如此，清静和无量大数只是你能理解和想象到的最小与最大，我穿越过无数个平行时空，我的时间要怎样计算呢？”说着他又拿起来一本旅行杂志，“你看，你们称呼这些为什么呢？”

“杂志？”我不明白他要表达什么。

“是的，杂志，此外还有小说、戏剧、电影……”他将杂志放回原处，“也许形式不同，但他们归根结底是同一种东西，故事，我也可以去往故事中。”

“故事里的世界又是怎样的？”这恰好又是另一个我想知道的问题，“我听人说，最后一个看过故事的人，将那个故事遗忘后，故事便会消亡。”

“实际上故事不会消亡，只是再也没有任何人能够拜访这个故事，就像那些神一样，你也可以认为他们在某个地方，但他们什么也做不了，也没有任何人可以看见他们、听见他们。”

“听起来是一种莫大的惩罚。”

“我告诉过你，永恒是一种令人害怕的东西。”

“那……那故事里的世界看起来和现实世界一样吗？”

“这由故事的基调而定，一个虚构的发生在 1970 年的纽约的爱情故事，那里的世界当然和 1970 年的纽约很是相似，摩登丽人、咖啡馆、奥黛丽·赫本，你明白的吧，恐怖小说里的世界永远是阴森的可怕的，有的时候会在一个不存在的蒸汽朋克时代，而我踏入的科幻小说多数都是赛博朋克的城市风格，我曾经在里面短暂地逗留过，便捷又虚无的末日感，巨大的广告牌和人形投影，满大街的色情机器人……”

“这听起来明明很吸引人啊！为什么不多住一些时

间呢？”

“问题在于，绝大多数的故事跨度并不会很长，一场勇士屠龙的历程，也许前后才三个月，一场电影里的绮梦，这个故事时间跨度仅仅三天，黑手党的家族变迁，这个稍稍好一些，作者详细描写了二十年间的变化，但只要是故事，就有开始和结束的时候，故事一旦讲完便会立刻回到开头重新再讲一遍，无穷无尽地 Loop 下去。假设说，我去往一个发生在美丽海滩边上的轻喜剧爱情故事里，仅仅只是去度假，我像现在这样，背着行李来到豪华酒店登记入住，然后烧烤、喝啤酒、晒日光浴和别的女人调情、打沙滩排球，三周后，故事到这里结束了，我不管本来在干什么，大概正在冲澡，下一个瞬间我又背着行李站在豪华酒店等待登记入住，你不会喜欢这种重复的。”

“听起来很有意思，所以比起在故事中旅行，你更喜欢在现实生活中旅行是吗？毕竟现实生活不会有重新开始的那一天……哦，不对，你说过我们也会不断地重复下去，但是要漫长得多。”

“不过总有新鲜的地方可以去，虽然我已经兴趣不是很大。”说到这里奇怪的旅伴耸了耸肩。

“很早以前我看过一篇小说，讲述了吸血鬼少女的故事，她和她的女伴在欧洲足足游玩了一百五十年，你也会这样吗？还是会停留在某个地方很久？”

“我从未听说过有人以百年时光为单位进行游玩，我告诉过你，我们对于时间的感受是一样的，我也会觉得累，当然是精神上的，欧洲也并不值得游玩一百五十年，当然了，一个地方每过二十年，就会出现新的一批人，变成一个新地方，以这种角度来说，倒是可以反反复复去玩，再说了，吸血鬼并不喜欢游玩。”

“那吸血鬼喜欢做什么？”

“记不清第一个遇到的吸血鬼究竟是谁了，总之他们是人类的一个亚种，基因突变，无法从普通食物中汲取能量，只有纯粹的血液才能够让他们存活，但又不能完全消化血液，总之大多都是性格阴郁，身上散发着腐臭的味道，走不了远路，当然如果你指的是故事里的吸血鬼，高大俊美苍白的贵族首领，那又是另一回事情了。”

“你总是这样，背着背包，带着行李在路上吗？”我看了一眼他那算不上鼓鼓囊囊的双肩包。

“并不会，对我来说，景点是没有吸引力的，所有值得一看的风光我在更早之前也全部都看过，山峰上翻滚的云雾、彩虹色的极光、某颗超新星的爆炸、上下颠倒的镜中世界、一片树叶后的另一个宇宙……当我感觉疲惫的时候，我则会停留，我曾经在英格兰的一个湖边住过六十年，你知道六十年实在是太久了，尽管我住得很偏，见过我的人寥寥，但四十年左右的时候村民开始盛传我是一个巫师，他们来过几次想要将我绑上火刑柱，但是我还不想离开，于是我躲入了相似的书中世界，又在那里继续生活了二十年。”

“这又算是什么……”

“你会想要一个长长的休假吗？我会，我有时候觉得自己该休息了，不过六十年待在一个地方真的太久了，我对那片宁静的湖泊也感到厌倦了，我想我该走了，便动身去往 1853 年 3 月 6 日的威尼斯凤凰剧院，听了首场的《茶花女》，散场后，我又来到 1851 年的 3 月 11 日，重新踏入凤凰剧院，又听了首场的《弄臣》这才回的家。”

“你刚刚说……回家？”

“当然，我也是有家的。”

“那么……你家在……算了，我不问了。”反正我也不会去拜访他，“你还有……像你这样的朋友吗？”

“我们这样的人，指的是怎样的人，如果只是指拥有漫长时间可以挥霍的人，那我不得不说，还是挺多的。”

这让我想起了一年多以前偶然听到的一段对话，那是在一家意大利餐馆里，我正在吃海鲜意面，突然听到邻桌的对话。

“这是我第几次结婚了？”

“谁能记得清。”

“也是，第一次结婚的时候还是两百年前吧。”

“我真羡慕你，你还相信以及有热情去面对爱情。”

“不不，我很早就不再相信爱情了，因为一个以后总是还能爱上另一个，不管在陷入爱情的那个瞬间，认为这个人有多特殊多珍贵，只要你活的时间够久，总是还能遇到下一个，而当你清楚地意识到这一点时，爱情的魔力就快要消失殆尽了。”

当时还以为这两个人在讨论什么剧本里的对白，现在再想想，突然又生出了一丝异样的感觉。

列车放缓了速度，庞大的米兰中央火车站出现在不远处，二十四条铁轨在视线中越收越窄，周围的旅客开始陆续收拾整理起东西来，这已经是本次旅途的终点站了。

奇怪的旅伴又换回了他的运动鞋，将拖鞋塞回塑料袋内，继续靠登山扣挂在双肩包上。

车厢内开始回响起广播，大声播报着站台名并祝我们旅途愉快，我和奇怪的旅伴一前一后下了车，北部要凉爽许多，我站在站台上深深呼吸了一口新鲜空气，向后撑了撑手臂和脖颈，此刻才觉得旅途劳顿，坐得身体都麻了。

“你应该和我一样，出门时常备一双拖鞋。”他说着侧了侧身特意给我再看一眼他吊在包上的拖鞋。

“是啊是啊。”我无力地应和着。

奇怪的旅伴伸手拍了拍我的背包，“在夜色中走一走，疲劳感便会消失不少，接着吃一顿丰盛可口的晚餐，回到家中泡个澡，很快就会进入梦乡，第二天睡醒时，你便会觉得一切都遥远又模糊，开始怀疑，这一场对话是否真实发生过，还是只存在于昨晚的梦境里，时间越久，你越分辨不清楚。”

“所以你和我所说的这一切，是真实存在的吗？”我眯着眼睛看了看他。

他一边示意我离开站台走出车站，一边说道：“我不得不再次问你，什么叫作真实呢？”

这次我不再挣扎，只觉得脑海中空空荡荡的，待到我们走出车站时，他继续讲道：“现如今名垂青史的电影也许下个世纪的人们也仍然会观看，这些电影比许许多多真实发生过的故事流传得更广、更久，为更多人所记住和欣赏，你能说它们纯然是假的、虚构的吗？它们在人们失意时给予安慰、怯弱时给予勇气、气馁时给予信心、快乐时锦上添花，是否比这些真实发生过的事情更加真实呢？”

“即便这样，它们也只是故事而已，下个世纪的人们也会知道这些都是故事。”

“那么人物传记呢，但凡书写出来的东西一律都经过选择和侧重，有所隐瞒有所编造，可是真实发生过的事情已经结束，数个世纪之后，人们阅读的只能是传记，他们相信和以为的，也只能是传记中的故事，流传于后世的也只能是传记里的故事，那么哪个才是真实呢？”

“可是真实就是真实，编造就是编造。”

“我明白你的意思，然而我想说的是，人类不能够凝固瞬间，真实发生的瞬间在不断消逝，因此能够穿越时光的东西便是真实，有时不需要去纠结，这些事情真的发生过吗？事情真的就是如此吗？而是，这些故事一代又一代地流传着，以记忆的方式留存在众人的脑海中，那便够了。”

我还是不太理解他的意思，在思索这些话语的含义时，他带着我走入车站旁的小巷，一家挂着椭圆形蓝色铁艺招牌的餐馆就藏在这里，“请进吧，”他伸手拉开门，“上次我来时，已经是很久以前了，我想现在是老 Enzo 的儿子在继承这家餐馆，希望他们的海鲜还如同之前那样好吃。”

在进门前，我抬头仔细看了看那个椭圆形的蓝色招牌，总觉得很是眼熟，但一时又想不起来到底在哪里见过。也许是已经过了饭点，也许是现在不是什么吃海鲜的好时节，总之店里三三两两散坐着几桌客人，略显冷清，“看来 Enzo 的儿子不太会做菜啊。”我嘀咕道。

我们在磨砂玻璃粗略隔出的小小角落里落座，我没怎么仔细看菜单，点菜的事情就交给神秘的旅伴来做了，他点了一大盘综合海鲜，一桶青口，又点了一升黑麦酒，零散还有一些蜜瓜火腿之类的开胃小菜，侍应生转身就把一篮子餐前面包和一架子的调料端了上来，旅伴将橄榄油与胡椒洒在硬面包片上，“确实比上次来时冷清了不少，你知道，风景对我们而言已经不再有吸引力，如果我想要去到某处，不过就是为了再见一见旧时的老友罢了。”

“可是时间在你身上不发生作用不是吗？你就这样回去看

望老友，老友不会被吓到吗？”

说话间，侍者又将两大杯黑麦啤送了过来，我们一人接过一杯，他谢过了侍应生后道，“对陌生人当然更容易倾诉真相，如果是认真交往过的老友反而难以开口，不知道怎么应付他们的再三追问，当然也害怕他们的猎奇与恐惧，但是你知道……这些事情其实不难，人与人又有多少真真正正不分离地相伴数十年呢？分离才是常态，离别后不再相见才是常态，有一天你的朋友或是恋人突然就不再是你的朋友和恋人了，才是常态，分崩离析是常态，互相厌恶、互相逃离是常态，在我与凡人一起生活的日子里，时间久到我不得不离开的是绝少数，我会一直记得那些人的，哪怕数千年过去，我很肯定。”

“那一万年之后呢，两千万年之后呢？你会在下一个 Loop 里与他们再见吗？你会满怀期待地准备好，打起精神来再次见到他们，再次和他们相伴一起度过那快乐的数十年时光吗？”我问他。

“我告诉过你的，你的一分钟和我的一分钟同样漫长，固然我知晓和懂得的事情比你多得多，时间虽然不对我起作用，然后遗忘的威力还是逃不过。”说到这里他一路上漫不经心的脸才显露出一丝悲伤来。

“你看，如果是这样，时间并非对你不起作用，时间就是时间，仍然在我们每个人身上起着反应，至多对你起作用得慢一些，你活着的第二万年，已经忘记了第一个一万年内的所有事情，那一万年的你也就消亡了，你在不断地死去与修补，好比忒修斯之船，不断地在船坞中维修，直到换掉了最后一块初始成船时的旧木板，那么还是原来的忒修斯之船吗？”

他放下了手中的啤酒，“忒修斯悖论啊……是啊，我好像从来没有这样思考过，我确实变了，比之以前变了很多，也许我确确实实是新生后的第二、第三个我，宇宙让我以这种方式更替，也有可能。”

综合海鲜拼盘被一个壮硕的侍应生端了上来，巨大的铁盘上一半摆着生海鲜、一半摆着熟海鲜，“我有些想念这道菜了。”旅伴带着怀念的眼神看着其后的数道菜肴，他叉起了一牙被火腿包裹住的蜜瓜，“上次离开意大利后，我再也没吃到过这道菜。”

“但意大利面却在全世界到处都是。”

“我想是因为只有意大利面才可以包容万物吧，番茄肉酱、青酱、黑椒牛柳、培根煎蛋……”

“我还以为是因为意大利面工业化得正是时候，又可以随着那不勒斯港的船只销往全国。”

奇怪的旅伴点了点头，随后说的却是，“很有可能，我最后会发现宇宙是一盘意大利面。”

“……”

选了半天，我决定先从一只生虾开始，虾肉是淡红色的，和日料中的北极甜虾很是相似，但是要大上一圈，“你知道吗，对于我这样的人来说，现实和故事没有那么难区分，真实发生过的事情是现实，人物传记也不能模糊现实与故事之间的界限，人物传记就是人物传记，固然我不会知道哪些是绝对真实的，哪些是艺术加工过的，但我明白，人物传记就是讲一个真实发生过的故事，而故事就是故事，是 Fantasy、是 Fiction，但不是 Reality。”

“好吧，那巴别塔真的存在过吗？”

“那只是传说和神话故事。”

“谁告诉你的呢，巴别塔真实存在过啊，我曾经见过，当然后来确实是毁了，很快倒塌成一片瓦砾。”他随意地叉起一片鱼肉，神态轻松地说着。

“不要随随便便这样胡说。”

“你又怎么能判断我是否是胡说呢，依凭什么呢？依凭你作为人类特有的偏见吗？那我再问你，上帝真的存在吗，佛陀存在吗？湿婆存在吗？罗密欧与朱丽叶真的存在吗？”

“你知道我没有任何宗教信仰，又何必故意问这样的问题呢？”

“没有宗教信仰和无神论者还是两码事，再说了，现在没有不代表以后就没有，等时光再流逝一些，你会有宗教信仰的。”

“不要随随便便就安排我的人生！”我差点把刚喝下去的

啤酒喷出来，“但是我可以确定罗密欧和朱丽叶并不存在。”

“哦？真的那么确定吗？维罗纳可还有朱丽叶家的阳台呢。”

“那又怎样，不过是因为那是一个发生在维罗纳的虚构故事，被包装成了旅游景点而已。”

“故事里的剧情走出了故事，变成了一个真实的所在，故事里的女主角走出了书本，在维罗纳拥有了一栋小屋、一个阳台、一个塑像，你为什么又要否认这个故事的真实呢？”

“神话故事里的人有的是被做成了雕像、塑成了金身，我难不成还要一个个都当真不成。”

“今晚纽约的街头有个褐色头发白人女子，下了晚班后去便利店买包香烟，匆匆赶回家。”他吃完最后一片蜜瓜，“这是我刚刚编出来的故事，但是你知道的，这样的故事一定正在真实地发生，也就是你所谓的现实，你怎么区分它们彼此之间的关系呢？”

“我……”

奇怪的旅伴最后一次朝我举起酒杯，“记住，人类就是想象的合集与共同体。”

最后的晚餐这就吃完了，我们结完钱，走出餐厅时，我问他，“你接下来打算去哪儿？会在米兰停留几天吗？”

“不，我一会儿就搭下一班车出发去苏黎世了，在那儿还有一些事要做。”

我最后一眼看了看那蓝色的椭圆形铁艺招牌，突然想起来在哪儿见过了，“我在杂志上见过！这是时装周期间好几位大明星的御用餐厅，据说只要他们来米兰参加时装周，就会把这里当作整个团队的食堂，不过……刚才吃的那些，好像也一般。”

“是啊，海鲜的话，还是要去海滨城市吃才行啊。”

下一个瞬间，我们一起喊出了一个城市的名字，“那不勒斯。”

“烤海鲜、西西里卷、章鱼沙拉、玛格丽特比萨……”他在念着令人难忘的美味，而我则提醒他，“别忘了Limoncello。”

“啊，对，无法忘却的 Limoncello！”

我们步行穿过隧道，从车站的正门又走了进去，“你知道吗，这可是欧洲最大的火车站，如果从地图上俯视，可是非常惊人的尺度。”

“哦？是嘛。”他露出一副单纯的有些惊讶的表情。

“原来你也有不知道的事情。”我揶揄道。

“我只是知道的比较多，并不是无所不知。”

送别的道路总是很短暂，我在站台上和奇怪的旅伴道别，“那么再见啦，我们两千万年之后再见吧，再一模一样聊一次今天的话题，也许那时候有更多别的想法，探索出更多的真理。”

“或许那时候我已经知晓了宇宙真正的奥秘，又或者到了那时，这些已经不再困扰我，即便宇宙真的只是一盘意大利面。”

“我会努力记住你今天所说的话的。”

“你不用刻意去记住些什么，遗忘过的还会再次发生，那么我们下次再见啦！”他重重地强调了一下“下次”。

我朝他挥了挥手，看着他上了去往瑞士的红色列车，“我还会在佛罗伦萨等你。”

阳台上的哲学家

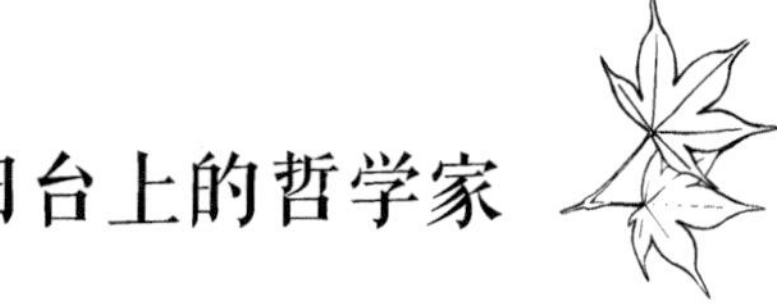

阳台上的哲学家，也就是我本人，现在正半蹲在黑暗中思考人生。

手机电源线被我从插线板上拖起，穿过一道窄门来到阳台，在我打字时露出一种勉力的颤颤巍巍来，正在给我的本体也就是手机续命。

此时此刻，这种悲惨的情境下，我要是生活在某部电影或是一本书中，应当正在帅气地抽着烟，但考虑到手机——也就是我的大烟，我觉得差不多一个意思。

而实在无法维持帅气的原因，是我以一种丧气又猥琐的姿势蹲着，整个人，主要是手机尽可能地靠向阳台的左下角——用以捕捉街道上浮游生物一般微弱又不稳定的Wi-Fi，此刻我感到有些脚麻了，又想到近几日的生活，一下子泄了气，我没有办法再蹲着了，我必须、立刻、马上坐在地上，如果不是为了维持最后一点作为人类的尊严，我真想现在就躺在地上号啕大哭起来。

阳台很干净，这要感激四天前的我，大发慈悲终于在一个吃饱饭没事干的下午，扫了扫地，原本只是想扫一扫落叶的，没想到阳台竟然那么多灰，扫出漫天灰尘来，呛得我没有鼻炎都快要鼻炎发作了，而远在客厅的室友李亚辛立刻一个箭步蹿到我的房间里来，大惊失色道："不得了，我闻到了沙漠的气息。"

这之后，毫无征兆地，家里的网就断了。

你永远无法知道清扫阳台是否是一种古老的、用以祈祷网络崩溃的古老巫术，但你看，大半年来我从来没有打扫过阳台，网络就一直好好的，四天前，我刚刚打扫完毕，网断了，这里面一定有某种神秘的联系——直到前室友通知我他忘记交网费为止。

关于为什么忘交网费了有很多种说法，他一会儿说这是运营商的阴谋，一会儿又说是信用卡的陷阱，最后说，他可能交了也可能没交，这演变成了薛定谔的网费。

但总之，四天前开始，我们就没有网了，手机的流量也随之消耗殆尽，我终日匍匐在阳台上搜寻着街道上的微弱信号，在黑暗中寻求着内心深处的答案。页面正在缓慢地加载，我凝视着，像凝视着深渊，五分钟后，深渊也回望我，不是的，不是水逆，你搞错了。

那怎么会这样，一周前，我的钱包被偷了。

十月的维也纳已经很冷了，露天售卖音乐会门票的人，都得架个取暖器在身旁，我围着厚围巾，我的意思是，非常厚实，非常巨大的那种，蓬松地围绕着我，制造出一种温暖幻觉的同时，也阻碍了我的视线，总之是怎么被偷的，我完全没有印象，我就这样心安理得地上了去往布拉格的火车。

然后身无分文地站在布拉格的街头。

有很多乱七八糟的音轨在我脑海中互相碰撞，一开始我坚持想要责怪这个社会，反正一切都是社会的错，接着我开始艰难地吐槽自己，再后来，可能天气实在是太冷了，我翻涌的脑浆开始像水泥一样缓慢凝结，最后凝固成一片，我再也无法思考，直愣愣地僵在了街头。

音轨也断了，脑海中出现了一连串的忙音，我觉得冷，又觉得好像一点也不冷了，途经查理大桥时，脑海中冒出来一个想死的念头，一个激灵后，这个念头从我的糨糊脑袋中跌了出去。回来时，又经过查理大桥，我望着桥下的伏尔塔瓦河，在脑海中幻想自己身形矫健地一跃而下，冰凉的河水从脖颈处开始浸入全身，我像冰块又像石头，坚定地往下坠，这时伏尔塔瓦河里的河神出现了，她左手举着一个 Prada 的钱包，右手举着一个 D&G 的钱包问我，少年郎，哪个是你掉落的钱包?

我按照套路回答道，那个杂牌豁口里面有我学生证的！

女神微微一笑，把三个钱包都给了我，思及此，我不禁开心地笑了起来，又走了两步，发现自己是在维也纳丢的钱包，立马笑不出来了。

总之，靠着到处借钱，我带着一颗冰冷又疲惫的心回来了，这时新室友也来了，跟随他一起而来的还有绵长阴冷的雨季。

感觉雨不停，我是怎么也开心不起来了。

风里来雨里去地奔波在各处补办各类证件，周一我跑去学校补办学生证，我埋着头走啊走，心里跟着一起落雨，落下无尽的懊悔来。

在秘书处，我取号，我排队，终于轮到我时，我低着头说出自己所来何意，秘书处的员工看着我的单子，拿出一本本子来，用圆珠笔的另一头“梆梆”地敲打着封皮。

定睛一看，走错了学校，立刻夺路而逃。

接着我又跑到自己的学校，重复以上过程，被告知今天不办理学生卡业务，周二上午才有这个窗口。

于是我湿漉漉地回去，心里落下了更多的懊悔，责怪自己没有跳下伏尔塔瓦河。

第二天我再次重复以上过程，被告知，办理学生卡业务改下午了，于是我转而先去市中心补办银行卡，我取号，我排队，终于轮到我时，被告知，负责人正在度假。

外面的雨下大了，我心里的雨也呈现瓢泼之势，洗刷着我的灵魂，我转而再回学校，再取号，再排队，终于轮到我了，也终于提交了材料，被告知，一个月之后会有通知的，等通知吧。

回家的路上，我心里落下了成吨的懊悔，拼命责怪自己没有跳下伏尔塔瓦河。

没有一件事情是顺利的，但好在终于有一天天空稍稍放晴了，我吃过饭，扫了扫阳台，触发了某种古老的巫术，断网了。

就算雨停了，我也不会开心的。

没有网的日子里，网瘾少年我化身为一条咸鱼，搁浅在人生的沙滩上，进行了很多深刻的反省，主要是反思自己为什么这么失败，为什么是个人生 Loser。

得出结论，主要是自己不行。

从小就不行，念书不行，交朋友也不行，生活轨迹，就是从一个失败走向另一个失败，艾弗利德 · 德索萨说过一段话："很长一段时间，我的生活看似马上就要开始了，真正的生活，但是总有一些阻碍阻挡着，有些事得先解决，有些工作待完成，时间貌似够用，还有一笔债务要去付清，然后生活就会开始，最后我终于明白，这些障碍，正是我的生活。”

一年又一年地过去，关于所谓的真正的生活的幻觉，正在一点一点地消散，不知道从哪一天开始，我缓慢而迟钝地意识到，不会有什么奇迹发生在我身上的，不会的，我的生活就是懊悔本身，我的未来就是一团糟。

以前，我总对自己抱有一种不切实际的幻想，某一天，一定会发现自己具有某种超能力，我在隐形和穿越时空这两种超能力中进行过非常激烈的思辨，最终我选择了隐形，但是现在，我觉得隐形也没什么意思，我想变成大胃王，人生，已经进行到了，只有将食物放入口中的那一刻才是稍稍欢愉的阶段。

总之，就是不再对自己抱有幻想了。

我是个人生 Loser 这件事情徐徐在我眼前铺展开，像一条红毯，延伸到未来的地平线上，像是一种无声的邀请，邀请我日复一日地跌落。

朋友圈里的大家都过得很好，声色犬马，我上下滑动着手指，看见大家结婚、生娃、晒娃，琐碎又很美好的日常，还有这背后无尽的苦。

我觉得我还是应该跳下伏尔塔瓦河。

又一个补办银行卡未遂的下雨天，房间里的灯毫无征兆地坏了，一个快要身无分文的我站在一片漆黑中。我凝视着深渊，深渊却对我这个穷光蛋毫无兴趣。一会儿灯亮了，一会儿灯暗了，一会儿灯又亮了，一会儿灯又暗了，伴随着电流接触不良的声音，在安静的空气中反复激荡。

不会有什么更坏的事情了，我拿着用身边最后一笔钱买来的灯泡，站在凳子上，想象着接下来会到来的光明，感到稍稍有些安慰，接口有些被熔坏了，新的灯泡卡住了，并且没能亮起来，那么这下真是不会有更坏的事情了，我垂头丧气，认命了，仰头看着灯，试图将灯泡拆下来，还能怎么糟呢？我想。

灯掉下来的时候，我及时将它托举在头顶，房东为什么要买这样沉重的玻璃灯呢？为什么不可以简简单单买个塑料灯？但是看看这家居陈设，房东的品位其实一直都不太好，我又在黑暗中凝固了一会儿，意识到手要托举不住了，“哇哇哇哇哇，李亚辛你快过来，灯要掉下来啦！”

接着我俩一起托举着灯，灯具上经年累月积累起来的灰尘此刻在空气中飞舞，可能是一种新的古老的巫术，效果是诅咒我永远也中不了大乐透。

“好沉，这个玻璃灯好沉，我们想个办法。”李亚辛在一团尘土的对面。

我依然保持着托举的姿态，颤抖着双手道：“放下来吧，把那个绳子剪断，把整个灯拿下来。”

没能剪断，玻璃吊灯便低矮地、斜斜地、危险地悬挂在我的房间里。

请求房东来修一下灯，房东：“有空就来！”但似乎一直没空的样子，灯便继续低矮地、斜斜地、危险地悬挂在我的房间里，好像我那被人抛弃的、摇摇欲坠的人生。

如果时光倒流，我应该会跳下伏尔塔瓦河吧。

夜幕重重地砸了下来，我拉开木头帘子，蹲在阳台上，蹭网、蹭路灯，体会到一股贫穷而悲伤的人生感悟缓慢地流淌过我的心间。

楼下的比萨店依旧在“滋滋”地烤着薄面饼，奶酪熔化在我的心尖，小花园里的孩子在疯跑，时而发出尖叫，不远处的冰淇淋店发出幽幽的光，夜归的人们紧紧地裹着大衣，带起一股寒意。

总不能更糟了吧，我难免这样想到。

X君拿着一堆我社交网站的截图来质问我时，我结结巴巴道：“我……我没有不写作业……我……我……不不……我不是对他有意见。”

一位，虽则我完全不认识，但单方面很厌恶的朋友，将我躲在网络上讲别人坏话的乐趣破坏殆尽，这位朋友细心地将我的广播、状态截图留念，然后一一分发给和我亲近的人，试图证明我是个人渣，抱着一种美好的愿望希望大家远离我。

这是为什么呢？想不通，我有那么讨人厌吗？又是一个蹲在阳台上“凿壁偷光”的寻常日子，我对自己发出了灵魂的质问，我真的是个人渣吗？

最近这几年，我有些害怕别人问我在做什么，同龄人已经工作四五年了，我在一个野鸡大学念研究生，而之前我在一个野鸡大学念本科，我究竟为什么要这样做呢？我陷入了思索中。也不能说，我是这会儿才开始思索这件事情的，应该说很早以前，这件事情就像房间里的大象，充斥着我的生活，有时候稍稍窥探到了一些真实的答案，我发觉其残酷程度，已经超过了可以自嘲的范围，便立刻装聋作哑，假装还不知道自己的人生有多失败，自己又是一个怎样的 Loser。

荒诞的人生啊，我握着手机，陷入了沉思，所以归根到底，还是我不行。

那这样的我就是个人渣吗？我至于那么惹人厌恶吗？厌恶到，即便是不认识我的人，也要来替天行道，也要来做一个正义使者？

我该怎么面对身边的人呢，坦率地告诉他们，是的，这几年我一直在网络上荒废人生，是的，我把自己的人生过得很糟，我既愚蠢又狭隘，爱好是看电视剧和讲别人的坏话，我没有朋友也没有社交，我一事无成，未来一片惨淡。

也不能说都是我的错吧，这个社会也有问题，社会没有让我中大乐透。

抽着大烟——我是说刷着我的手机，我又开始例行哭了起来，你看我很有公德心，就算一事无成，身无分文，也没有号啕大哭来扰民。

马上就要没有钱了，卡还没有补办成功，毕业的日子摇摇晃晃地挂在许多页之后的月历上，“去死去死去死赶紧去死”，这个声音不断在我脑海中督促着我。

又下起雨来，广场上的滑板少年“呼啦”一下散开去，手机上的信号消失了，浮游生物一般的 Wi-Fi 信号钻入雨中，又汇入下水道里。

昏黄的路灯变得温柔起来，我看见自己的影子斜斜地、沉重地倒在一边。

这样很好，暗沉沉的，看不见自己的脸。

有一次，我在教室里歪在自己的大围巾上哭时——为什么而哭并不重要，你知道生活那么苦，哭一哭总是好的。我悄无声息，把整个脑袋埋在围巾里，默默地哭着，抬起头，看见已经黑掉的电脑屏幕上出现自己猪头一般的脸时，就立刻感到一阵恶心，对自己有点作呕，为什么那么难看？我是说，在脑海中，自己哭起来起码应该是个无伤大雅的画面，甚至应该宁静一些才对，这样回想起来，心里才会好受些许，但是哭肿的脸看起来像个猪头，就完全没有治愈的功效了，赶忙不哭了。

后来，我尝试过许多种办法，比如躲在茶水间里哭，这样哭完可以洗个脸，就算脸肿了，也可以说是洗脸洗肿的（什么？）；又比如在模型室里哭，这样被发现也可以推说是胶水味太刺鼻了。后来我终于发明了一种很方便的哭法，缓慢地哭，眼泪还没有落下来前就让它风干，然后再继续哭，一种节制的悲伤。

这之后，我便经常将悲伤分成一个个节点，然后大段大段时间地哭着，大家还以为我是在正常地吃饭、买东西、写作业。

生活很苦的，还是要哭一哭。

想到这里，我觉得我也没有那么差吧，我虽然是个垃圾，但也是个对环境无害的垃圾，脑海中那个声音又催促起来，“去死去死去死……”

但我始终没有去死，一开始身边的熟人们发觉我有这个想法的时候，有些紧张，后来我总是没有去死，便也就无人在意了。

有时候我也会下定决心遵从脑海中的这个声音，但想死的计划总会很快被一顿丰盛的晚餐、期末考试后的假期所打断，反正没有真的去死过，一次也没有，大概还是因为我虚伪吧。

外面已经很冷了，我还没有进屋，我能看见李亚辛的房间还亮着灯，甚至能听见他在热闹地打电话，我继续看着街道的远处，靠内心的寒冷来抵御外界物理意义上的寒冷。

身后摇摇欲坠的灯还没有掉下来，明天生活也还会继续，街上还有零星的行色匆匆的路人，命运的齿轮将每个人都牢牢碾压，我们都有各自的苦痛和快乐。

虽然我，阳台上的哲学家本人，也会想，我们真的还会有快乐的时光吗？我不否认，我们都拥有过快乐，但是长大后，长大之后的某一天起，除了短暂的欢愉外，我们还会拥有大段大段的快乐时光吗？不知何时起人生的道路好像由悔恨和疲惫组成，无尽地蔓延到宇宙之外。

那还是社会的错吧，又没有让我中大乐透。

Ⅲ 大世界

奇怪的同学王小明

我上小学第一天随机抽到的同桌叫王小明，他和我妈妈高中时代最好的朋友的儿子的名字是一样的，过了一段时间才发现，他就是我妈妈高中时代最好的朋友的儿子。

两个月后，我们又根据高矮胖瘦和调皮捣蛋的程度“大洗牌”了一次，等到再次成为同桌，已经是六年级临毕业前了。王小明看起来永远都是一个样子，理着一个寸头，喜欢穿领子和衣服不一个颜色的 Polo 衫，用一条棕色的、旧旧的皮带，穿西装款式的卡其色或米色休闲裤，会早早地把钥匙别在裤子上，给人一种小大人或过分居家务实的感觉。

他脸上总是挂着一副得意的神情，喜爱故作姿态摆弄他的金丝边眼镜，嘴里喊着，“看我眼镜上的反光”或是“看我智慧的眼神”！

埋头写作业的时候脸整个快要贴到本子上，“唰唰唰”地写着速度很快，用非常粗的2B铅笔，落笔又重，时间久了，加上手腕部分蹭来蹭去的，他的作业本变成黑乎乎的一片。考试的时候总是很防着，恨不得180°弓腰背对着我，两只手臂圈成一道护城河把卷子保护起来，倘若我一不小心朝他瞥了一眼，他便惊弓之鸟般将卷子挪到桌角上写，但这样一来，他又担心过道另一侧的人有了可乘之机，于是之后他又将卷子叠成豆腐块大小，一道题一道题小心翼翼地写着，铅灰和铅灰之间互相叠着，他的卷子也很快变成了黑乎乎的一片。

小升初结束后，我们考入同一所中学，但是不再同班，也许是他长得过于普通，总是淹没于人群，总之，在我的印象中，我似乎没有碰见过他。偶尔他的妈妈李娟会和我妈打电话，挂了电话后，我妈同我讲："李娟说了，王小明现在功课非常好。"

我："所以呢？"

我妈："你怎么不行？"

我："……"

升入本校高中部后，我和王小明又分到了一个班，开学第一天我和他打了个招呼，他还是那副得意的神情，抬了抬他的金丝边眼镜，点点头看着我道："老同学，不错不错。"

因为我那时比他高一些，坐在他后面三排，成了那一组的小组长，专门负责收作业——中学时代我们是这样收作业的，一上课，就由小组长从第一个人往后收，然后摆在自己的桌子上，下课时搬去给老师。

有一次我收作业时不小心撞到了他的手肘，“不好意思。”我和他道歉，他马上重重的一巴掌打在我的手臂上，脸上又是那副得意的神情，嘴角扯了扯，“哼”的一声，斜眼看了我一下，又继续低下头用力地写作业，他的字又大又方，把作业本占得满满当当。

这之后，我总是小心翼翼地绕着他走，生怕不小心碰到他，他又要打我。开校运会前，我挨个给同学们登记报名项目，轮到他的时候，他一边写作业一边骂我：“神经病！”

等到了运动会当天我一边负责登记成绩一边到处通知班级里的同学开赛时间，他站在发水处冷眼又轻蔑地用眼睛瞥我，我去提水给运动员的时候，他好像终于忍不住了似的发问道：“瞧你那起劲的样子，这又关你什么事呢？”

我：“我是体育委员啊。”

他：“……”

我：“……”

校运会结束后我又继续小心翼翼地在班级里走了一段时间，我们就文理分班了，他的班级在一楼，我的班级在三楼，我终于可以想怎么走就怎么走，横着走也没人管了。

有一段时间不再听到关于他的消息了，直到上了大学后，收到他在校内网上发来好友申请（现在大概已经没什么人知道这个网站了，人人网的前身），通过他的申请后，他问我要了 QQ。

在QQ上，他一改以往留给我的印象，言必称呼我为“我亲爱的同学小赵”，只要我一上线，他的消息框便立马弹出，“我亲爱的同学小赵，你在吗？”

然而他又总是没有什么真正的事情，他说要和我聊聊，我问他聊什么，他便喊我问他一些问题，什么问题都可以，于是我问他：

“你现在怎么样？”

“我一切都好。”

“你学习上压力大吗？专业难度如何？”

“毫无压力，小菜一碟。”

“你和室友相处得好吗？”

“亲如兄弟。”

那到底还有什么好聊的呢，总之他一切都好，好得不能再好，他的生活是一种顺利叠加着另一种顺利，想办的事情总能做成，同学与老师又全部都友善宽厚，一切的一切已无须多言。

他常常在校内网更新状态，一般都是几张图片，一行文字，言简意赅。一张满是树木的照片，配字“今天登中山陵，郁郁葱葱”；一张食堂的照片，配字“今日有红烧排骨，不错”；一张书桌上摆着茶杯和本子的照片，配字“作业已搞定”。

除了没人点赞没人回复外，一切看着确实都还挺好的。

渐渐的，我不再回应他那万事顺遂的生活，也很少再上线，他的消息框时不时还会弹出，“我亲爱的同学小赵，你在吗？”

即便我没有回应，他也会自顾自地发来信息，有一次我上线，看到他几天前发来的消息，“我亲爱的同学小赵，我常常在想，宇宙到底是什么呢，这个我们生活着的宇宙？今天我想明白了，宇宙是一个透明玻璃球。”

我念大三那年，他的妈妈李娟有事要来我家，这之后他便知晓了我的住址，在圣诞、元旦或春节这样的重大节日，总会择其一寄来一张贺卡，不是单张的明信片，而是放在信封里面的贺卡，颇显正式。

信封上端正地写收件人的名字、收件人的住址、寄件人的名字、寄件人的住址，仍旧是他那又大又方的字体，我家的住址、他家的住址整整四行大字，将整个信封正面占得满满当当。打开贺卡，里面是一些非常传统的节令贺词，诸如“我亲爱的同学赵曾良，在此新春佳节，祝您身体健康，阖家幸福，学业进步！你的同学王小明敬上”。

他将住址写得如此详细，也许是在期待我的回信吧，但是我从来没有给他回过信。其余的节日，诸如五一、十一，他便会以短信的方式发送祝福语给我，一般都是一些编辑好的顺口溜，诸如：“我亲爱的同学小赵，艳阳迎来劳动节，放下工作要休息，忙忙碌碌难得歇，欢欢喜喜过五一，我的祝福不停息，愿你天天甜如蜜！”我一般统一回复他“祝你也节日快乐”。

那几年我总是雷打不动能收到他的贺卡，后来我搬家了，也毕业了，不再使用学校统一配给的手机号码，也就和他失去了联系。

最后一次见到他，是在小学同学聚会上，有人几乎将所有的小学同学都喊了过来，我们彼此之间都很多年没有再见到。王小明也来了，脸上还是那种轻松又得意的神情，比印象中的他要胖了一些，满当当的钥匙串还是挂在他的裤腰带上。

一开始我们一群人围坐在一张椭圆形的圆桌上热闹地聊天，渐渐地人越来越多，总有人喊王小明换个位置，换了几次之后，王小明就一个人孤零零地坐在另一张小小的圆桌上。他双手松弛地摆在桌面上，几乎占满了整个的小小的台面，侧身看着，略略倾身朝向我们，似乎正在努力地聆听，脸上满是轻松快活的神情，时不时附和道，“呵，这可真是了不起的事情呢！”“那可有趣得紧哩！”“微风徐徐，是一个出游的好日子。”听久了，怀疑他并不是在附和我们，而是在随机地念着一本看不见的外国儿童文学翻译本。

无人搭腔他的附和后，他不再出声，只是仍然保持着快活的神情，说到好笑的地方，他咧着嘴一起无声地笑了起来，说到吊人胃口处，他也歪着脑袋挑起一侧眉毛作聚精会神状。

临了我们要从茶楼离开一起去聚餐了，他却摆摆手，说自己要回家吃饭了，有人挽留他，“王小明，一起去吃饭吧！”他却是一副再会有期的样子，“嗨，不啦不啦，我老娘可等着我回家吃饭呢！”

接着又有人挽留了他几句，他也一一回绝，我们都在忙着收拾东西时，他开始说再见，明明已经没有人再注意他了，他也仍旧摆着得意的笑脸，挂着摇摇欲坠的笑，举起右手，从左到右地打着招呼，脑袋也跟着一起转动，嘴里念叨着，“好的，好的，再见了。”

那么，再见啦！我奇怪的同学王小明，愿你往后的人生不再孤独。

这个世界上到底 有没有伪电气白兰

春日到底是何时来临的呢，又有没有人恰巧听到过楼下白玉兰树花苞绽放的声音，我时常会有这样的疑惑，究竟是哪一分哪一秒，春日降临在我的屋前。

才刚开了一局新游戏，就听见我哥周行在窗户底下拔高了声音喊我，“阿良，我们到了！”

“等会儿，”我偏过脑袋冲着窗户外吼了一声，“我在打游戏！”

“别打了，赶紧下来啊！”他在楼下急吼吼地催促道。

“你们先上来！”我一边奋力摁着鼠标一边将钥匙飞出窗外。

屋外的白玉兰树，因为我们的来回吵吵，震落了好几朵花。

我的表哥周行，那段时间迷上了飙（轻型摩托）车，靠花（爸妈的）钱改装摩托车来获得摆弄大型手办的乐趣，等新鲜劲过去后，他便将车折价卖了二手，以此获得的一小笔钱，他激动地称之为自己人生中的第一桶金。

既获得了动手的乐趣，又获得了飙车的乐趣，最后（爸妈的）钱还有一部分回到了自己的手上，世间大抵是没有比这更好的事情了，因此他难得大方，要请我和王湛去吃比萨。

王湛是我哥周行最好的朋友，他们起先是高中前后桌，后来又去了同一所大专，然后一前一后专升本失败，友谊经受住了考验。王湛比起我哥来要更受欢迎一些，原因是他在电信公司上班，可以便宜买到市面上各种品牌型号的手机，因此每当大家需要购买手机时，便会亲切地喊他“湛公子（不喊王公子是因为他们单位姓王的人太多了）”。而我哥就不一样了，他在快递公司上班，得寄境外包裹或超大包裹时才会想到他，但大家一般不寄这些（因为员工的折扣是有次数限制的，小件就不麻烦他了），他也就渐渐地被众人所淡忘，成了一个回忆中面目模糊永远在吃东西的死胖子。

生活经历贫乏，又渴望打开社交生活上的新局面，每每到了那种众人聚会的热闹场合，周行便会铆足力气，通过大讲特讲王湛的丑事来献宝，希望借此让室内外的空气都快活起来。但王湛的事情其实讲来讲去就那么几件，除了他的相亲趣闻，主要就是专升本失败的那次——专升本究竟是如何失败的，如果放在评弹里来讲，最起码要细细讲上两回，也就是承上启下发生了两件事情，但周行没那么讲究，总是混在一起，胡乱地戳人痛处。

王湛比周行要晚一年参加专升本，因为他在大专第二年留了一级，原因是他既不上课也不参加考试，老师问他为什么不去上课，他就支支吾吾地什么也说不出来，脸涨得通红，豆大的汗珠往下掉。据周行说，他是在宿舍里看动漫番，王湛本来打算看完番就要去上课的，却不知道为什么好看的番竟是这样多，最后他日夜不休，将所有的时间都拿来看番，也还是看不完，没办法，只好上课考试通通不去了，总之非常有理有据，不是故意不去的，是没有办法。

老师可以算了，但王湛的爸爸不能，其实也不是王湛的爸爸，王湛，当然也包括我们，在两年左右的时间里都有一种误会，以为那个男人是王湛的后爸，后来他和王湛的妈妈分手了，大家才晓得搞了半天他们从来没有结过婚，只是男女朋友关系。王湛妈妈的男朋友，当时王湛的“爸爸”，一个身高超过一米九的壮硕男人，提着王湛的颈皮将他拎去教室，路上遇到的同学和学校保安还以为是在抓小偷。王湛妈妈的男朋友，当时王湛的“爸爸”先让王湛当庭跪下，不是，当着满教室人的面跪下，然后一只脚踩在他的肩膀上，伸手解开皮带，用雕着老虎头的皮带头猛抽王湛的头，把他打得头破血流，希望以此表达悔意，求老师给个机会，让王湛补考补考就得了，留级就不用了吧。老师答应了，但王湛被打得头破血流，休克了过去，后来又轻微脑震荡，在家躺了半个学期，还是留级了。

等到了专升本的关键时刻，他又迷上了拼手办做模型，考试前三天，王湛挑灯夜战，在家里绣凉宫春日和长门有希的十字绣，按照论坛上的说法，表面上看这是个动漫人物的十字绣，实则是一种保佑考试顺利的护身符，和日本的御守一个道理，当然这其中要加入一些特殊的针法和祈祷仪式，总之这样那样的，很厉害，绝对不是普通的十字绣。王湛非常重视，甚至还专门抽空出门了一趟，面见了自己留学日本的网友，给了三百块钱，希望对方帮忙购买平野绫的《Breakthrough》（平野绫：凉宫春日的声优）。

经过这番努力，最终他也果然“不负众望”地考出了一个超低分来。考试结果出来后，王湛妈妈的男朋友，当时王湛的“爸爸”，一个身高超过一米九的壮硕男人，提着王湛的颈皮将他拎去老师办公室，路上遇到的同学和学校保安还以为又是在抓小偷。王湛妈妈的男朋友，当时王湛的“爸爸”，将他猛地一脚踹进老师办公室，王湛捂着肚子在地上痛苦地打滚蠕动时，他又伸手解开皮带，用雕着老虎头的皮带头猛抽他的头，直到西裤掉下来，露出带有龙腾虎跃图案的男子平角内裤，场面过于不雅而作罢。事情结束后没过几天，王湛的妈妈觉得这个男人有暴力倾向，外加管得太宽，“儿子想干什么就让他去干什么好了”，两人就此大吵一场，愤而分手，从此以后，王湛便想干什么就干什么，成为了大家的“湛公子”。

说起这些的时候，周行就像得了间歇性失忆症一样，仿佛全然忘却了自己当年的悲伤往事，明明他的遭遇也没比王湛好多少。他专升本成绩出来的那天（一个和王湛不相上下的低分），他的姆妈，也就是我的大舅妈，一位女中豪杰，将他揍到边号边在夜晚的姑苏城内狂奔，一度回忆起来童年时代被支配的恐惧。

每当周行在那里上蹿下跳大耍活宝、大讲特讲这些时，王湛的脸便涨得通红，嘴里时不时蹦出一些脆弱又可怜的句子来，“我……我只是不同他计较罢了！”“大丈夫……大丈夫忍得一时。”“喊他打我便打我，怕是我孙子！”

一路上我们在周行的车里大声复盘刚才的游戏，“我刚一看，你的设备栏里两双鞋子，你不知道鞋子是不叠加加成的吗？”“哇，是你在下面大喊大叫让我分心的好不好！”“对方血太厚了，你应该先在塔下猥琐的。”谈论完刚才那局，王湛拿出他的新游戏机来给我欣赏，我一边羡慕地摸着新机的液晶屏，一边问他，“不是说这个机子现在还不能破解吗？”

“难道你不知道王湛从来不买破解版的游戏吗，他都是买正版的。”

“那还等什么，把你的碟拿来给我玩。”

比萨店里人也不算多，我们坐下后，周行接过菜单，用他惯常的方式点起菜来，“这个、这个、这个还有这个……不要，别的都给我来一份。”然后他潇洒地将硬皮菜单一合，递还给服务员，略略一迟疑，作出在思考的样子，“等等，那个鸡翅我要两份。”

待他迅速消灭掉一整个铁盘比萨后，又慢悠悠地拎起一块薯格道：“你晓得吧，王湛现在不得了了，他现在啊……”周行咬了一口薯格，露出非常明显的、很有深意的眼神笑眯眯地看着王湛，“现在四舍五入就相当于有女朋友了！”

我看了一眼王湛又看了一眼周行，“相亲成功了？”

“不是不是！”周行拿着两个洋葱圈往嘴里塞，“他吧……现在……你肯定想不到的。”

我看了一眼王湛又看了一眼周行，“和网友见面了？”

将刚上桌的铁板牛排移到自己面前，切下一大块，在一旁的海盐上稍稍蘸上一蘸，周行很罕见地询问道，“王湛，这个事儿……我能说吗？”

放下汽水杯，我凝重地看着王湛，“不是那种……女富豪重金求子吧？”

“不不！不是不是！”王湛的神情变得古怪起来，“我吧……我就是……”他一会儿嘴角往上扬好像想笑，一会儿嘴角下垂仿佛在经历痛苦，“你……你肯定会觉得我有毛病……我可能真的是有毛病……还……还病得不轻。”这会儿他的脸都拧成一团，眉头紧紧蹙着，嘴唇向上努着抿起，重重地从鼻腔里喷出气来，肉眼可见地在脑内进行着激烈的思想斗争。

“怎……怎么了？”我小心翼翼地看向在吃第二盘炸鸡翅的周行。

“他吧……”周行话刚起了个头便被王湛打断了，“告诉你也行，反正你家里也有那张碟，我都瞧见了，刚才瞧见的，兴许……兴许你能明白的，反正明不明白，我已经这样了，木已成舟！生米已经煮成熟饭！”

“木已成舟？生米煮成了熟饭？”我一边震惊一边压低了声音问道，一般来说这句台词总是出现在国产青春片里懵懂少女怀孕后。

周行努力咽下嘴里的迷迭香羊排，和王湛异口同声道：“《命运之夜》。”

在又点了一份 9 寸海陆双拼比萨（铁盘）、一份经典意式肉酱面、两份法式蜗牛、一份凯撒沙拉、两碗浓情奶油南瓜汤后，我终于听王湛语无伦次、心潮澎湃地讲完了他的故事。

他的命运之夜发生在去年秋天，一个说平凡又不平凡的夜晚，他惯常地在那里刷新番，刷着刷着，好像有什么事情开始变得不太一样了，最开始剧情和画面在他的脑海中挥之不去，圣杯、实现所有的愿望、Master 和 Servant、世界末日……这些术语和概念让他痴迷。他开始狂热地在现实生活中谈论和排列组合，怎样搭配组合获胜的概率最高，如何给骑士、枪兵、魔术师、暗杀者实力强弱排名，凛路线应当怎么走，士郎路线应当怎样走……以及令咒的最佳使用时机和方法。经过一段时间的反复推演后，王湛觉得自己可以成为一个更好的卫宫士郎，并且在不知不觉中准备了许多东西，一些干粮和水、军用级别的手电筒和单筒望远镜，甚至还有一把旧货市场上淘来的木制日本刀。每晚坚持在自家庭院里用木制日本刀划拉咒语，被他姆妈呵斥为神经病后，躲在自己房间里，在地板上反复划拉咒语，但迟迟没能召唤出任何一个 Servant 来，怀疑是自己划拉咒语的姿势不对，Saber 才一直没有被召唤出来，非常虔诚，遂购买蜡烛、纸符若干，试图利用封建迷信增加召唤成功的概率。其间还购买 Saber 海报若干、手办若干，开始买抱枕后终于发现了问题所在，自己狂热推演排练妄图成为卫宫士郎，其实一开始就是因为爱上了 Saber，因为爱她，所以希望帮她实现梦想，让她成为真正的大不列颠王！成为传说中的亚瑟王！

手中芬达汽水里的二氧化碳都快跑光了，我都没顾得上喝一口，全程蹙着眉头嘴微张看着王湛主讲，周行适时补充这个故事，我又花了一点时间，在故事结束后的沉默中尝试梳理和接受这件事情，“所以说，你爱上了一个动漫人物，这个动漫人物，也就是 Saber，还是故事里的动漫人物召唤出来的，原本不属于她那个时代的历史传说中的人物，这个历史还是架空的，也就是亚瑟王，那么你喜欢的人，哪怕对于动漫人物来说，也不是同一维度的真实的人。”

“也可以这样理解，但是不用讲那么复杂，总之我爱上的就是阿尔托利亚·潘德拉贡、亚瑟王、石中剑的拔出者！”王湛紧握双拳，神情激动。

“Is this the real life？ Is this just fantasy？”我不由自主地想到了皇后乐队《Bohemian Rhapsody》里的这句歌词，这句话还贴在了我卧室兼书房的墙上，配图是一个小人站在芬达的海洋里，Fantasy 被谐音具象为 Fanta Sea。

我到底是在真实的人生中，还是在一片芬达海中？

等到天气渐渐热了起来，人民路两旁的道旁树树叶都变得碧绿油亮，我也没有那么起不来的时候，便开始每日骑车去市图书馆里写作业。

临近暑假的一个周三，下午五点半左右，我像往日那样扔下纸笔，避开人流高峰早早下去吃饭，等吃完上来，自习室里空无一人，不知道是趁我不在爆发了丧尸危机还是怎么的……正当我愣在原地严谨地思索着各种可能性的时候，呼啦一下从过道那头涌来几十个人，为首的是一个地中海型秃头的中年胖子，出现得如同清晨的地平线上跳跃出一轮红日那样突兀，只见他一边用巾帕擦着汗一边指挥大家往自习室里走，众人如游鱼一般从我身边涌过。

接着这些上班族打扮的男男女女便在这秃子的指挥下

迅速搬起桌凳，将之拼成一个长桌，大家面对面地落座，像《哈利·波特》里的大礼堂又像八分钟相亲，摆有我作业本的桌子就在长桌的尽头，我灵机一动，连忙一路小跑跟着过去落座，趁着忙乱混入其中，我倒要看看他们到底在搞什么。

所有人都面对面坐着，气氛紧张，眼睛瞪得像铜铃一样，你瞅我，我瞅你的，感觉有什么事情要一触即发，我也跟着紧张了起来，桌对面的男生正襟危坐，从一个破旧的双肩包里摸出一个印着瀑布风景照的硬壳笔记本来，而后挺直了腰板，双手复又撑在腿上，好像马上要给我行武士礼了。就在这时那地中海型秃子站在长桌的最前端，用巾帕擦了擦汗，"嗷"的一声喊了起来，右手迅速在空气中上下切动，把我吓得一个激灵，几乎与此同时所有人开始活泼紧张地交谈起来，我听见我旁边那一对，女的在问，"What's your name？"男的显然有所准备，自信又流利地回答道，"My favourite color is red！"

这时我才反应过来，那秃子不是在嗷嗷叫，刚说的是"Now"，我扭过头来看了看对面的男生，他也目光如炬看着我，僵持了一段时间后，我只好再次观察了一番旁边的人，问道："What's your name？"闻言他一改方才严肃的神情，立刻非常殷切地站起来弯腰靠近我，先指指自己胸口上的一块小牌子又指指自己。我歪着脑袋仔细看了看，那是一个自制的小名牌，用透明胶带牢牢包好的小纸片上写着"顾栎豪"三个字，上一次看见有人这样给自己做名片还是在我上小学的时候。我点了点头，拿起自己的作业本指了指封面上的名字，他也配合着做出了解明白的表情，我复又用眼神告诉他我已经了解明白他的了解明白，他也马上用眼神回应我，他了解明白我已经了解明白他的了解明白。

由于我们组是这样的沉默，在热烈交谈的人群中又是如此的格格不入，很快引起了地中海型秃子的注意，紧接着他又发现了我是一个不知何时混进来的陌生人，便挥着他的巾帕，冲我喊道，“You……you……out out！”我也就带着自己的作业本马上 out 了。

离开了自习室之后我并没有马上回家，而是去了古籍馆旁的天香小筑看书，天香小筑是个苏式园林风格的小花园，假山顶上的凉亭是这里最抢手的地方，常常挤满了隔壁大学里来的大学生情侣，这会儿人已少了许多，零零星星七八个人在花园里为赋新词强说愁，天光还大亮着，是个去凉亭里吹风看书的好时机。

看着看着就到了天光暗淡的时刻，我揉了揉眼睛，正准备再坚持一会儿的时候，一片更大更深的阴影投射在我的上空，我缓缓抬起头来，看见了一个比坐着时更显壮硕的顾栎豪，他背着那个很是破旧的棕色牛皮双肩包，双手抱拳道：“呀，这不是赵兄吗！”

我：“……”

全然不顾我的茫然，他继续热情爽朗地自我介绍道：“我乃安徽蚌埠人士也，蚌埠，珍珠与河流的故乡！鱼粮稻米精华之所在！正所谓诸侯会集地，淮上明珠城是也，我，龙子湖区的，今日学了个新词 Nickname，方才我在想，我的 Nickname 可以叫顾子龙，你就喊我顾子龙吧！”

我：“不了吧。”

“不知赵兄是哪里人？”

“本地人。”

“太好了，我正想结交几个当地人，在下初来乍到，对贵宝地不是很熟悉，希望以后我们可以多多结伴出行游玩。”他将那裂开无数细纹的双肩包从肩膀上扯下，解开起毛的绳扣，掀开起卷的包盖，从包里掏出那本我刚才见过的风景照硬壳笔记本来，他打开笔记本给我看里面夹着的一些照片，还有他画的一些路线图，“祖国大好河山，我已去过五之有四。”

我细细看了看最开始那路线图，“那你不能只去过一个城市，就把那个省份给标记了啊。”

顾栎豪毫不在意地昂了昂脑袋，甩了甩他短短的板寸，“大丈夫不拘小节，你知道徐霞客吗？”

“那个明朝地理学家？”我边答边收拾好东西，侧了侧脑袋示意他一起走下假山。

他把本子急匆匆塞回包里，“什么地理学家，地理学家是个现代名词，明朝怎么会有地理学家，徐霞客那就是游侠！游侠你知道吗，纵情江湖，快意恩仇，一人一马一剑一壶酒。”

“你说的那是古龙小说吧。”我们出了天香小筑朝图书馆后门走去。

“真的，徐霞客是我的偶像，你知道徐霞客是哪里人吗？”

“无锡江阴人。”

“错！”顾栎豪摆了摆手指，“他其实是我们安徽人。”

“啊……不是，你这个‘其实’是哪里来的？”我停下开自行车车锁的动作疑惑地看着他。

“我们安徽自古以来就出游侠，安徽大汉这个说法你听说过吧，说的就是我们安徽人豪情仗义。”他在另一边边开自己的自行车车锁边高声喊道。

“只听说过山东大……”

“总之安徽出游侠，《崂山道士》这本书你知道吧，上面记载了很多安徽游侠的故事，有空你可以看一看。”

“你说是《幽默大王》上那个《崂山道士》的连载吗？”我们推着车一起向十全街的方向走去。

“赵兄，你真乃博学之人也！”他一抱拳，自行车就栽倒在地上，他神情自若地把车扶起来，我们便继续往前走，“做一个当代游侠，除了一些传统知识外，还得会说英文，所以我才来参加这个每周三的线下英语学习角。”

“原来是个英语角啊……”

“有朝一日，我也会去沙漠或是亚马孙丛林深处，探索未知的土地！”他神情坚毅眼望远方，方脸此刻显得更方了。

“你知道自从有了卫星之后，地球上严格来说已经不再有真正的未知土地了吗？你说的这些比较像二十世纪的西方探险家，你了解过探险家这个职业吗？”

“我们不兴这些。”

“反正你就是想做一个古龙书里的人物对吧，真该把你介绍给王湛认识一下。”

“如此甚好！”顾栎豪激动地一抱拳，自行车又“哐”的一声砸在地上。

后来和顾栎豪这个人稍稍熟悉了一些后，发现他所说的“一些传统知识”主要来源自两本奇书——《切口大词典》和《江湖内幕黑话考》，表面上看这是两本历史考据兼工具书，讲述了各行各业的切口以及江湖黑话，好像很实用的样子，后来我借阅过来稍稍翻了翻，发现完全不是这样的，这两本书主要讲述了本来就很少有人使用的，完全没有必要的切口和黑话，而这些切口和黑话也果然就很快没有人再使用了，简而言之，这就是当代混江湖的屠龙之术。

然而顾栎豪很把它们当回事，不知道从哪里淘来了这两本书后，他反复翻阅，随身携带，时不时要拿出来温故而知新，并且演练上一番，如大喝一声“啖烧饼”，然后一个马扎右手在空气中左右拂动（啖烧饼就是吃耳光的切口），又或者看见一个乞丐，右手中指并着食指向那人一指道，“此乃迎地藏也（迎地藏就是乞丐的切口）！”心满意足地学而时习之后，顾栎豪便会将已经翻到起毛起卷的书放回他已经起毛起卷的双肩包内，脸上洋溢着幸福的笑容，乐颠颠地走掉。

总之，正确的使用方法就是，和人交流时先抛出一个切口，然后再详细和他人解释这个切口的具体含义，搞明白后大家再从头开始用切口交谈一遍。

我说到做到，很快就喊顾栎豪去王湛家玩，我们约在图书馆见面然后一起骑车过去。路过一家蛋糕店时我喊顾栎豪停一下，买些糕点当礼物。如果只是我去买的话，那就是一件很简单的事情，我只需要进门和店员说给我两个草莓奶油小方就好，但轮到顾栎豪就不行，他必须要先在店门口观察一番，然后朝着店铺方向侧一侧脑袋，“我先去踩个点子，”再指指我又指指自己的眼睛，“你招子放亮一点。”

我：“……”

而两个草莓奶油小方他得这样表达，先悄没声儿伸出两个指头，嘴里压低声音道“这个数”，然后收回手指比成心形，“红货”，接着手掌平摊，掌心向下，做波浪状浮动，“起泡”，最后大拇指和食指扣在一起，用眼神示意对方，“这个”。

他先和我拆解分析，慢动作演示一遍，然后再一气呵成，动作、眼神、手势凌厉配合，“怎么样，看明白了吗？”

只见他辗转腾挪，表情严肃，还以为是要学火影忍者结印施展忍术，做好准备他喊出九字箴言“临兵斗者皆阵列在前”，结果他一套操打下来呼喝道，“草莓！”“奶油！”“小方！”“蛋糕！”

把蛋糕盒子挂在车把上后，我们继续晃晃悠悠地骑去王湛家，“不知这王兄所住何处？”顾栎豪问道。

“很近的，马上就到了，就在花街。”

“哦——”他露出了意味深长的笑容，“豆儿们住的地方。”

“豆儿是什么意思？”我问他。

“就是姑娘的切口，我们再来一遍。”顾栎豪清了清嗓子，“不知这王兄所住何处？”

“很近的，马上就到了，就在花街。”

“哦——”他露出了意味深长的笑容，“豆儿们住的地方。”

“不是的，那条街就叫花街。”

“当真是花街柳巷的花街？”

“真的，我哥周行就住在花街柳巷的柳巷。”

“柳巷在哪儿？”

“花街的对面啊。”

到了王湛家门口，我便大声喊他名字：“王湛，我们到了！”结果是他的姆妈来开门，其实我上次来王湛家都是好几年前了，主要就是怕看见他的姆妈金莱娟阿姨。

“莱娟阿姨，吃过饭了吗？”我低着头和她打招呼，希望她不要兴致大发，突然要和我握个手跳个舞什么的，“这是我的朋友顾栎豪，我们来找王湛白相[①]。”

---

①吴方言，动词，表示玩，游玩。

“是阿良啊，吃过了吃过了，你吃过饭了吗?”她指挥我们将自行车停在院子里的水池旁，“王湛在楼上呢。”

把奶油小方给金莱娟阿姨后，我们赶紧上楼，王湛还是一如既往地瘫在他的小沙发上看各种番，这次我来发现墙上的海报都换成了Saber，桌上显眼处还摆了一个黑Saber的手办，令人不由自主地想要叹口气。

等我们上来后，他就给周行打电话喊他可以过来了，又问顾栎豪会不会搓麻将，他说他会，王湛便从柜子里拿出珍藏的冰玉麻将来甩在自动麻将桌上，我们就在那里一起手忙脚乱地把麻将牌推进桌子里，很快涛声响起，麻将桌开始洗麻将了。

在洗麻将的涛声中，顾栎豪向王湛自我介绍道：“想必你就是王兄了，我曾听赵兄谈起过你，在下顾栎豪，安徽蚌埠人士也，蚌埠，珍珠与河流的故乡！鱼粮稻米精华之所在！正所谓诸侯会集地，淮上明珠城是也！”

王湛：“哦哦，你好，我是王湛。”

然后两人便相顾无言了起来，正当气氛有点尴尬不知如何是好时，周行带着小welcome来了，我问小welcome“你不用读书的吗”，小welcome就摆动着手臂大喊大叫道：“高中生也要休息的好不好！”

一见到有人来了，顾栎豪马上又从沙发上站起来，热情地向他们自我介绍道：“你们好，在下顾栎豪，安徽蚌埠人士也，蚌埠，珍珠与河流的故乡！鱼粮稻米精华之所在！正所谓诸侯会集地，淮上明珠城是也！”

小 welcome 手足无措地看着他，过了一会儿拿手指戳了戳自己，“我……我……我……在下安玮康，姑苏……姑苏人也，正……正所谓……姑苏城外寒山寺，枫桥夜泊到客船！”说完便松了一口气地看着顾栎豪。

顾栎豪“好诗好诗”地竖起大拇指来。

我：“不是‘姑苏城外寒山寺，夜半钟声到客船’吗？”

小 welcome 毫不在意道：“你不说我还真没反应过来。”

这时麻将也洗好了，整齐地排列在我们面前，王湛作为主人安排道：“那个……顾……顾兄，你可能不是很熟悉苏州麻将的规则，先看我们四个打一圈，然后你再把小 welcome 给换了。”

“苏州麻将嘛，很简单的，一共 152 张牌，108 张正牌，16 张风牌，28 张花牌，讲究主要就讲究在这个花牌里啊，四发财、四红中、四白板、四百搭，然后就是春夏秋冬、梅兰竹菊、聚宝盆、财神、老鼠和猫。”周行一边从王湛的桌子上抱来一堆零食一边麻利地给顾栎豪解释。

打完一场小 welcome 就不玩了，把位置让给顾栎豪，自己去沙发上躺着看动画片，大约搓了两个多小时后，莱娟阿姨上来喊我们留下来吃晚饭，一听到晚饭这两个字吓得我连连摆手，“不了不了，我们打完这圈就走，一会儿就走了。”

“叫你吃你就吃，今天谁都不准走！”

正当我看着对面一脸呆相的周行思索着如何才能编造出一个合情合理让人无法拒绝的理由时，小 welcome 从沙发上竖起来，靠着沙发垫道：“我们提前约好了，一会儿要去我家吃饭的，我姆妈菜都准备好了。”

“这样啊，好吧好吧。”莱娟阿姨不大高兴地走掉了。

她刚一走，我马上从座位上弹起来收拾东西，顺便喊顾栎豪别愣着了。顾栎豪还在那里丈二和尚摸不着头脑，“我们什么时候说要去安兄家里吃饭了？”

“你不懂，莱娟阿姨的饭可吃不得。”小 welcome 把他的宝贝背包拿起来扔给他。

我们推着车逃出门后，周行施施然走回他的柳巷去了，我也正准备回家，小 welcome 一把拉住我，“别呀，阿良，去我家吃饭吧，我妈买了黄天源的薄荷糕，你不是很喜欢吃吗？”还问顾栎豪，“你吃过吗？想不想吃？可好吃了。”

在我犹豫起来的当口，她一下跳上我的自行车后座，“好了，好了，出发吧。”而后轻轻拍了拍我的背，好像在拍一匹自家牧场里的马。

“王兄的妈，是什么母夜叉吗？”在去小 welcome 家的路上，顾栎豪问道。

“这个嘛……”我有点不知从何讲起好。

其实距离我上一次去王湛家做客，真的已经是好多年前了，说做客也不准确，我并没有真的去做客。那年我刚刚上初三，入秋没多久，有一天放学后转道西美巷，想从巷子里抄近路回家。路过花街时，王湛的姆妈金莱娟阿姨正好出门扔垃圾，我停下来和她打了个招呼，她却一把拉住我，喊我去她家里吃晚饭，我说有机会再来吃饭吧，今朝还要回家写作业呢，她却说："什么今朝不今朝，通通都是打发我的话，我讲今朝就是今朝了！"然后拖着我的自行车硬是把我拽进门。进门后便看见王湛和他（亲生的）爸爸正在折腾一个坏掉的收音机，收音机持续不断地发出"刺啦刺啦"的噪音，让人心烦。他们一家三口各忙各的，也没人搭理我，我一个人在楼下沙发上坐了一会儿，喝了半杯莱娟阿姨给我的芬达，告诉她我姆妈会着急的，我得回家了，以后有机会再来吧，她偏不肯，让我给我姆妈打电话，告诉她我今朝要在她家里吃饭。

最后没办法，自行车也被她扣了，电话也打了，只好留下来吃晚饭。那时候王湛家还没有好好装修厨房，厨房和餐厅简陋地混在一起，说是厨房和餐厅也不准确，只能讲是客厅里摆着一张吃饭用的桌子，贴墙放的矮柜上摆着一个单灶的煤气炉和一个电磁炉，糖和盐就摆在塑料袋里，还有几瓶孤零零的调料挨着玫瑰腐乳和宝塔菜缩在角落。王湛和他爸爸在客厅的另一头没完没了地摆弄那个坏掉的收音机，收音机发出时高时低的噪音来。莱娟阿姨就在这无序的混乱中自顾自亢奋地讲话，一会儿说昨晚丽都的舞伴铁定是看上了她，就是没什么钱还要打肿脸充胖子，一会儿又讲她今朝早上出门去买油条时，邻居那个疯婆娘和她吵架的事情，她一边讲一边大幅度地挥动着手，同时还在那里手忙脚乱地洗一把青菜，洗完后水还没有沥干净，就整捧地扔进油锅里，油瞬间溅得到处都是。我端着饮料杯从沙发上跳起来，莱娟阿姨一手举着锅盖当盾牌，一手舞着勺子戳那捧青菜，好像要跟它决一死战。王湛在客厅的那一头喊："不会做你就不要做了！"他姆妈便哑着嗓子骂他："不会做菜也把你拉扯大了，有什么吃什么，少说这些不好听的话！"等他们吵完，我才犹豫着提出意见，"莱娟阿姨，青菜也是要切的啊，你不能……"她马上打断我，"吃进肚子里不都一样，你读书读傻掉了吧！"接着拿过一包几乎全新的、没怎么用过的盐，好似亿万富翁撒钱那样潇洒自如地挥霍着，盐粒如同落雪一般纷纷扬扬地洒入锅中。我目瞪口呆地回头看了一眼王湛和他爸爸，他爸爸缩在角落不好意思地挠了挠头，原本便矮小的身形此刻显得更加矮小了，冲我讪笑着，"阿良你坐，你坐，我出门买个熟菜去。"莱娟阿姨闻言马上哑着嗓子道："你一个菜我一个菜，公平得很哩！"

等到开始吃饭的时候，莱娟阿姨又非要我坐在她的旁边，王湛和他爸爸就坐在桌子对面，小小的方桌上摆着一盘煳掉的青菜和一份王湛他爸刚买回来的五香小炒肉，小炒肉就摆在白色的发泡塑料饭盒里，大概是觉得有些寒酸，才吃了两口饭，他爸爸又缩头缩脑地起身，不知去哪里找出来一盘子花生米，端过来挤进两个菜中间。“吃吧，”莱娟阿姨用筷子敲着那盘青菜的盘子边，“尝尝，都尝尝，我可是难得才做一次菜的。”我瞪着那盘黑乎乎的青菜陷入了绝境，只好机械地夹着花生米，机械地应和着，“一会儿就吃，一会儿就吃。”正当我吃着吃着进入一片空虚之境时，莱娟阿姨重重地拍了拍我的肩膀，将我打回现实，“不要一会儿了，现在就尝尝！”而后给我夹了一筷子青菜，要看着我吃，不吃不松手。

盐粒在我口腔中如同跳跳糖一般爆炸，戴着绿帽子的爱尔兰小矮人围着我手拉手唱歌跳舞，弗拉明戈混着踢踏舞在脑壳上噼啪作响，第八号钢琴奏鸣曲在远方的上空飘荡。“好吃吗？”莱娟阿姨的声音模模糊糊地传来。“好吃的。”我听见自己的声音在同样远的地方回响。

“太咸了吧。”“真的太咸了。”王湛和他爸爸在桌对面小声交谈。“一点点咸，明朝吃粥就正正好了！”莱娟阿姨大手一挥，决定明天还要继续吃这盘菜。一会儿她又打开电视，把频道停留在某个歌舞节目上，兴致突发道：“老王，我们跳个舞吧！”王湛的爸爸马上缩成小人国居民，往嘴里大口扒拉着米饭，“吃……吃饭着呢，跳什么舞。”莱娟阿姨先是一个人绕着桌子转起来，等转到王湛爸爸身后的时候，一把将他捉住拖起来，他爸爸举着筷子无力地挣扎着，然后不情不愿地跟着跳起交谊舞，嘴里时不时地劝道“先吃饭吧”或是“你自己去舞厅里跳吧”。但是没用，他像一个木偶小人一样，被提着从屋子这头舞到那头，手脚僵硬噼里啪啦地在家具之间到处乱撞，我直愣愣地看着他俩最后手脚撑开，几乎成一个“大”字，从屋子这头踱到那头，然后又猛地一甩头从屋子那头踱回这头，爱丽丝掉进兔子洞看见的东西也没有我今日所见的这般疯狂吧。举着筷子的手悬在半空，我扭头看了看王湛，他正一个劲儿地在吃五香小炒肉，发现我在看他后，他马上抬起头，冲我露出一个歉意又讨好的笑容来。我只好赶紧低下头使劲吃饭，好不容易把米饭都硬塞进嘴里，王湛的爸妈也舞完了一曲，莱娟阿姨气喘吁吁地坐回方桌旁，碎卷发黏在她通红的脸上，她忽又笑起来，“老王，我怎么样，你喜不喜欢我？”王湛的爸爸开始专心地和王湛抢五香小炒肉，“不要问我这种问题。”他含糊道，“孩子还在呢。”莱娟阿姨马上哑着喉咙道：“那怕什么，你喜不喜欢我？”“喜欢喜欢。”他爸爸装作心不在焉的样子，头低得要塞到饭桌下面去了。

好不容易大家都吃完了饭，王湛的爸爸把盘子都端去了洗碗池里，一回头，莱娟阿姨又要和他握手，她指关节粗大的手，直直地伸向王湛的爸爸，“我们来握个手吧。”他爸爸把她的手轻轻推开，“握什么手。”“要的要的，”莱娟阿姨又笑了起来，“我今朝夜里真是高兴，我们握个手吧，因为我很高兴认识你。”他爸爸无奈道：“你不要再闹了，发什么神经大晚上的。”“要的，我们握个手吧，你不高兴认识我吗？”……一番纠缠后，他们终于握手了，莱娟阿姨便哑着嗓子不可抑制地大笑了起来，我看了看王湛，“王湛，我走了啊”，然后一把抓起自己的书包，边往外跑边喊“阿姨，叔叔，我走了啊”，推着自行车逃也似的跑出了他们家，惊魂未定地骑出去老远才敢停下来喘口气。

等我讲完之后，小 welcome 补充道：“我妈说莱娟阿姨这里有问题。”她指着自己脑袋的手指转了转，其实我妈也是这样说的。

“王兄不容易啊。”顾栎豪叹了口气，凝重地点了点头，突然想起来什么似的，“那今天怎么没见王兄的父亲呢？”

“啊……这个嘛……”我看了一眼小 welcome，小 welcome 马上明白我的意思，将话题岔开，“顾兄顾兄，看见那条河了嘛，我家就在河边上。”

一过桥左手边第二家人家就是小 welcome 家，我们将车锁在露天水龙头上，她跳着进门喊她妈，“姆妈，我带了朋友回来！”

“我是你朋友吗？！我是你亲戚好不好？”我们正说着，她的姆妈佩佩阿姨从厨房里出来了，手还没擦干净就来招呼我们，“是同学吗？”

看到是我，她马上像平时一样热情道：“是阿良啊，怎么不早说，早说就买点你最喜欢吃的蟹粉小笼回来。”

“我没关系的，我什么都很喜欢吃。”

等寒暄完，佩佩阿姨又看着顾栎豪，“你是玮康的新朋友？”

“是阿良的朋友，现在也是我的朋友了。”小 welcome 往沙发上一靠很是惬意。

顾栎豪马上挺直了腰杆，“阿姨您好，想必您就是安玮康的妈妈了吧！在下顾栎豪，安徽蚌埠人士也，蚌埠，珍珠……”他这一套自我介绍还没讲完，小 welcome 就赶紧跳起来打断他，“蚌埠人，在这里工作的。”

“哦……你吃过饭了没？”佩佩阿姨和他客套一下，他马上梗着脖子道：“没有。”

“好好，我这就去准备薄荷糕。”说完佩佩阿姨就回厨房去了。

我瞪了一眼顾栎豪，“你说什么没有，你说没有吃饭是想怎么样，你是想佩佩阿姨现在马上给我们做饭吗？”

“啊？可是我们真的还没有吃晚饭啊。”顾栎豪无辜的方脸一脸疑惑地看着我们。

“问你吃没吃饭，在苏州话里就是打招呼的话，就像别人和你说‘你好’，你难道还要和别人说‘我不好’吗？不管你吃没吃，你都要说我吃过了，不然你想别人怎样，马上给你做饭还是掏钱请你吃饭啊。”我给他科普完建议他去买本地方志看看，普及一下地理文化方面的常识。

没想到他还真拿出一本书来，“我最近就在补习常识。”

我们马上将脑袋凑在一起，那是一本类似于内部刊物一样的打印册，名字叫《中国传统文化常识竞赛题》，整理了七千多个条目，内容很杂，按照人文、地理两大类非常粗糙地分了上下册，人文类的问题都是些“中国四大美女是哪四大”，你得回答“貂蝉拜月、昭君出塞、贵妃醉酒、西施浣纱”，以及“四书是哪四书”，答案是“《论语》《中庸》《大学》《孟子》”；“元代四大戏剧是什么”，答案是“关汉卿《窦娥冤》、王实甫《西厢记》、汤显祖《牡丹亭》、洪昇《长生殿》”。到了地理类则开始问你一些四大名园、四大碑林、四大古镇、九大名关、西湖十景、台湾十二胜、巫山十二奇峰一类的问题，到了最后还要问一些四大著名淡水鱼、四大著名海产鱼、上八珍、中八珍、下八珍、中国八大菜系到底是什么的问题，总之就是既不成系统又极其琐碎，不知道看了到底要干什么。

“所以你看了是要干什么？虽然我觉得你真的很需要补充一些常识。”我把册子合起来还给他。

“年会竞赛！”他挥着册子激动道，“很厉害的，答对最多的人，也就是冠军，可以拿一台笔记本电脑和五千元奖金！”

小 welcome 仰头看着他，“原来你会正常说话啊。”

佩佩阿姨将薄荷糕切成薄片，蘸好鸡蛋汁再裹上面粉，在油里炸过后，端过来给我们，招呼我们趁热吃。

“太烫了吧。”小 welcome 坚持用手捏还要嫌烫，“这样吧，我们去河边上吃，这样晚风徐徐地吹来，年糕也就不烫了。”

打开后门，我们依次坐在伸入河水中的小小阶梯上，因为阶梯很窄的缘故，我几乎要蹭到另一侧墙边的绿色苔藓了，

“干吗非得在河边吃，你们不觉得河水有味道吗？”

“怎么会有这种设计，”因为坐在最上面的小平台上的缘故，顾栎豪不需要像我们那样沿着台阶的方向而坐，他可以背靠着小 welcome 家，面对着河流，“安兄，你家为什么会有一个后门直接通到河里。”

“哦……比如说有船的话，就可以直接停靠在后门，我们要出门的时候，也可以直接从后门下来坐船走。”

“你家有船？那我和你一比真是赤松游子也。”顾栎豪又开始了。

“赤松游子是什么意思呀？”小 welcome 果然发问了。

“赤松游子就是山里人的切口，来，我们从头再来一遍。”顾栎豪停顿了一下，“你家有船？那我和你一比真是赤松游子也。”

“哦，我家没有船啦，我就是那么一说。”

“六婆是哪六婆？”我开始发问。

“牙婆……稳婆……还有……还有媒婆！”顾栎豪差点被他的糕给噎住，“怎么突然就开始了，我还没准备好呢。”

“竞赛不就是这样的吗，世界上可没有什么准备好的事情。”

“另外三婆呢，另外三婆是什么？”小 welcome 插嘴道。

“不知道啊，实在是想不起来了。”

等差不多将薄荷糕吃完的时候，佩佩阿姨又在屋里头喊我们准备准备可以吃晚饭了。

一进屋，小 welcome 又开始活络起来，上蹿下跳要给我们看她做一日班长的成果，“快看我整理的化学笔记，全面、详细、实用、美观，符合笔记四原则，我们班的兔崽子怕不是要爱上我吧。”

“笔记四原则这东西是哪里来的？”我问她。

“我刚刚编出来的。”

那个暑假我们意外地去了很多次王湛家里，当然得选在莱娟阿姨出门跳舞的时候，主要是观摩他摆的魔法阵和收集的魔法石，第一次见到他那罐魔法石的时候，我简直无法想象这个城市会有一个专门卖巫术用品的地下集市，“你们知道吗，我一直觉得这种集市应该出现在布拉格或者海地。”我托举着那罐来之不易的魔法石和他们讲道。

“其实这个集市主要是在线上。”小 welcome 告诉我。

我刚想问她你是怎么知道的，王湛就接过话题说也有线下交易的，我的注意力便被如何进行线下交易这件事情给吸引过去了，在接下来的谈话中得知了这个巫术集市还卖桃花符、浪子回心丹和一款市面上比较难买到的美国黄油唇膏（正规厂牌）。

顾栎豪听了眼冒金光，觉得他的黑话和切口这下大有用武之地了，江湖不死，切口永在，“我们可以去买点小方。”

“那里不卖草莓奶油小方的。”小 welcome 提醒他。

“不是，这个小方是牛奶糖的切口。”我告诉她。

“哦，那好吧。”

顾栎豪听了眼冒金光道：“我们可以去买点小方。”

“那里不卖牛奶糖的。”小 welcome 提醒他。

那年暑假的尾声，天气仍然很热，简直就是一年中最热的日子，我有一段时间懒得出门了，何况还有一场开学考在等待着我，我唯一能做的事就是多听听《大悲咒》积攒力量。

再次见到顾栎豪已是新学年开始后，我隔天就要考试了，正坐在图书馆的凉亭里盘腿听《大悲咒》，远远地就瞧见他探头探脑走过来，走近后他又一抱拳道：“没想到还真是赵兄，有段时间没见了。”

“是啊，天气太热了。”

“我前几天去了趟南京，南京人杰地灵、卧虎藏龙、背山面水、风水极佳，我看可以做我们安徽省的省会。”边说他的手边在空气中徐徐挥动起来，做出一个展望未来的姿态。

“那江苏省怎么办？”

“你们可以并入上海。”他安排了一下。

“你这样还想做徐霞客？”

他稍稍犹豫了一下，马上转移话题道：“赵兄，你在听什么？”

“《大悲咒》啊。”

“听这个作甚？”

“获得一些力量。”

“哪方面的力量？”

“知识的力量，明天要考试了。”

“你为什么不……看看书呢？”

“因为来不及了。”考试真是太烦人了，为了不让他继续追问下去，早几天我为什么不好好看书复习这件事情，我决定遵循进攻就是最好的防守这个理论，“请听题：十八层地狱分别是哪十八层地狱？”

“这是什么问题！”顾栎豪马上号叫了起来，“这属于人文、地理哪一类啊？”

“很明显是地理题啊。”

“不可能，没有这种问题！”

“上次在小 welcome 家我有翻到这个问题，地理部分的最后。”

结果说曹操曹操到，小 welcome 的简讯这时候飞了过来，她喊我赶紧去她家，后面大概跟了一百零八个感叹号，让人感觉时间充裕她也不是很着急的样子。

“你家闹鬼了？”

等我们到小 welcome 家的时候，她又在上蹿下跳，她姆妈骂她不晓得什么时候得了疯病，成日地发疯，读高中的人了，不念书整日搞这些悬空八只脚的事情；她爸讲她撞了邪，这段日子天天下了学就回家跳大神。但总之听小 welcome 自己说，她撞鬼了，大约半个月前的一个晚上，她起来上厕所，突然发现除了自己的影子外，客厅地板上还斜斜地躺着另一个影子，她一动不动地瞪着那个影子，以为是没有开大灯的缘故，因为角度问题某样家具投影成了那样，正在这时，那影子好像感觉到了她的目光和疑惑，颤抖着扭曲着站了起来朝她走去，用小 welcome 的话来说就是，那好像一个正在融化的人。她从马桶上一跃而起抢在人影走过来之前开了大灯，于是和电影里一样，刚才看见的一切都消失了，接下来的半个月里，小 welcome 时不时就能在眼角的余光里看见一个奇怪的人形影子躺在家里的某个角落。

听完她的叙述后，我说："你知道吗，如果让我外公听到了，他肯定讲这是水鬼，你家就在河边，一定是某个冤死的水鬼爬了上来。"

"有道理啊！"顾栎豪右手握拳敲了敲左手手掌。

"我觉得不是水鬼，我大概知道是怎么回事，"小 welcome 贴好她今天份的符咒又跳完她今天份的大神后，坐回我们对面，"我今年过年的时候做了一件错事。"

"什么事情？"气氛一下子紧张了起来。

"我奶奶喊我给灶王爷嘴上涂蜜，我给忘记了。"她沉痛道，"灶王爷回天庭汇报工作的时候，就没有给我讲好话，一定就是这件事情了。"

"有道理啊！"顾栎豪右手握拳敲了敲左手手掌。

"那你有没有补涂呢？"我问她。

"涂……是涂了。"小 welcome 带我们去厨房，只见那张老旧的熏满了油烟的灶王爷年画像嘴上糊了一圈白色的毛，“当时……想省钱来着。”

她举起一支笔头呈扫把状的旧毛笔，上面还结着一些麦芽糖精，笔杆处用纸巾胡乱地包着。

事情到这里就说得通了，如果我是灶王爷，我肯定也不能放过这个兔崽子。

说时迟那时快，小 welcome 不知从哪里猛地拔刀般抽出一本书来，“但事情还有挽回的余地，这本书里就记载着一些不为人知的方法。”

这是一本从巫术集市里买来的书，名为《姑苏民间风俗考》，它那粗糙泛黄的纸张，歪歪斜斜的排版，忽大忽小的字体，让人有理由相信，这是作者本人用活字印刷术在草纸上印刷出来的东西。而仅从目录上来看，里面的东西便已经十分的不可信了：第一章赫然在探讨的是“怎样科学地生男孩”，紧跟着这完全不科学的第一章之后，第二章探讨的是“为什么正月里剪头会死舅舅”，直到第八章才切入到我们的主题“如何请灶神”。

里面讲到请灶神在南方一带是一种非常常见的民间习俗，操作方法也很简便，入夜后寻找一口古井，草编簸箕一个、大米四斤、红烛若干、线香若干、小鼎一个、桃木剑一把、黄纸符咒三张，最后还有太上老君画像一幅。

“等等……怎么变成太上老君的画像了？”我扭头看着小

welcome。

“你再往下看！”

下面讲到灶神到了天庭后是和太上老君汇报工作，所以召唤出太上老君就可以请到灶神，而灶神会回答你三个问题，让你家明年风调雨顺、五谷丰登、六畜兴旺。

“不用了吧……你们家也没有六畜啊。”

“是啊，我们家只有三个畜生。”小 welcome 点了点头。

我再一看书封上的作者，赫然写着顾怀青三个字，“你不觉得这本书很奇怪吗？你看看作者还叫顾怀青，你知道我外公叫什么吗？”

“当然知道了，我们是亲戚好不好！”小welcome嚷道，“我不但知道你外公叫周怀青，还知道你姆妈叫周有莲呢！”

“这就是问题所在，我的外公叫周怀青，他的爱好就是写县志乡考，但这么多年也没见他写出什么东西来，这个顾怀青不会就是我外公的笔名吧？”

正当我们发现此事极有可能而陷入漫长的疑惑中时，刚才一言不发的顾栎豪犹豫着开口了，“赵兄、安兄，你们看，这个作者姓顾，会不会是……我的爷爷呢？”

我和小 welcome：“……”

为了破除灶神的诅咒，哪怕（可能）是我外公写的书，也顾不上那么多了，小 welcome 决定要举行这个召唤太上老君的仪式，“首先，”她讲道，“我们需要寻找一口古井。”

“井还不多得是，你家巷子的尽头不就有一口井。”我说。

“你看清楚！”小 welcome 差点把书拍到我的脸上，“上面写的是古井，古井好不好！我家巷子里那口井怎么行，那就是我出生前两年挖的！”

“我想起来了，平江路那边有一口两百多年前的古井。”

“对了，叫双井还是丰乐泉……来着？”

“你这俩名字也差太大了吧，我不记得名字了，但是我知道井在哪里。”我回忆了一下大致方位，“我小时候经常在那里玩。”

“那就这么定了。”小 welcome 摩拳擦掌，“我们准备好东西，王湛家基本都有现成的，让他和周行带上，我明天会去古玩市场买一幅太上老君的年画，然后顾兄你去买四斤大米来，我们吃过晚饭七点半平江路路口见，让阿良带我们去古井！”

第二天下午考完试，我在校门口的小店里买了一根新的大白云毛笔，一个打火机，一包夹心软糖，两个橘子和两个苹果后，迅速在食堂吃个晚饭就出发了。

越接近平江路便越挤，虽说这个地方平日里就总是挤满了游人，可是今天，好像格外热闹的样子。

等我好不容易找到一个空位停好自行车走过去后，才发现今天的平江路上人山人海，整条街都挂满了花灯，上面还写着灯谜。

小 welcome 和顾栎豪已经到了，我过去和他们会合的时候，就听到小 welcome 在那里跳脚大骂：“他们有病吧，一个个穿成这样干什么！怎么还会有元宵节的灯！”

五彩的花灯被架着串起，从街头连到街尾，直到视线的尽头和店铺的光亮融成一体，不知哪里响起了琵琶和评弹的声音。

只见几十个穿着汉服的人正在角色扮演码头接亲，戴着凤冠霞帔的新娘正站在船上，由几个穿着江南蓝布花袄的阿姨撑过来，新郎坐在一匹假马上迎亲，旁边还有一众假的父老乡亲正在围观，再仔细看看还能看到媒婆打扮的人，于是我又问道：“六婆是哪六婆？”

这次顾栎豪流利多了，自信满满道：“牙婆、媒婆、师婆、虔婆、药婆、稳婆。”

看得出来真是非常想要笔记本电脑了。

又稍稍等了一会儿，周行和王湛背着木质日本刀，拿着大包小包的东西挤过来了，周行一边哨鸡脚一边问我们：“怎么回事，今朝发生什么事情了？”

王湛朝我们右侧努了努下巴，顺着看过去，才发现有个告示，写着今天是民俗展示日。

“怎么偏偏是今天，街上这么多人，我们还怎么搞封建迷信活动，该不会有人报警抓我们吧？”小 welcome 抱着她的画像又开始上蹿下跳。

“井不在主街上，在巷子的很里边，那里应该不会再有游客了。”我安慰她道，“反正我们先去井那边看看吧。”

事实证明小 welcome 的担心是多余的，稍稍离开繁华的主街两侧就没有游客了，何况那口井在巷子的深处。

这一天天气很好，走在空无一人的巷子里，甚至可以感受到一丝丝夜风的清凉，抬头能看见点点繁星和被薄云遮住一角的月亮。

“现在情况很有利，”我站在古井边压低声音道，“仔细听，大家都在家里看电视，我们不要发出太大的声响，就可以顺利完成整个仪式。”

大家都目光坚毅地看着我点了点头，我们将手掌掌心向下次序叠在一起，由正在吃素鸡的周行低声喊道：“成功！”

顾栎豪从他破旧的皮双肩包里取出两公斤装的袋装大米，王湛拿出大簸箕放在井口上，小 welcome 在路灯下边看书边指挥大家摆放东西，首先要向井中投掷小块食物做供品，这叫叩门；食物必须是糯米食，这个周行早有准备，他冷笑着拿出一盒速冻汤圆，然后取出一颗扔下，接着在井上摆放草编簸箕，王湛将刚刚移开的簸箕又放回去，顾栎豪割开米袋在簸箕上倒入两公斤大米，这叫起式；然后在大米上插上红烛三根，点燃蜡烛，我们手忙脚乱各自拿着打火机点蜡烛，这叫寻魂；在蜡烛后方挂起太上老君的画像，因为井边没有什么可以挂东西的地方，我们让周行站在那里举着画像，这叫尊上；蜡烛前方需有小鼎一个，供有线香三根，小welcome突然发现没有香灰的话，线香站不起来，于是我抓了簸箕里的米放在小鼎里，好让她插香，这叫问信；最后木剑上粘着三张天地符，由王湛举着，每问一个问题需燃烧一张符咒，这叫三味真火。

“这叫什么你再说一遍？”我看着小welcome，她低头看着书，确定了一下，“叫三味真火。”

“你识字吗，这个词叫‘三昧真火’。”

一旁的顾栎豪听了，露出敬畏的表情，“不得不说，赵兄真是一个很博学的人，这个世界上有什么东西是你的知识盲点吗？”

“知识盲点当然是有的。”

“比如说？”

“考试题目的答案。”

我在小鼎两侧摆好苹果和橘子，后退几步看了看，一切都很完美，该做的都做好了，现在只差问问题了。

王湛举着打火机问小welcome，“你想好要问什么了吗？想好我就点了。”

“稍等，我想想我该问什么。”

“反正有三个问题可以问，第二个问题可以问问我今天考试有没有过吗？”我提出了一个请求。

“那第三个问题帮我问问竞赛能不能拿冠军吧！”顾栎豪

也紧随其后。

“这可是珍贵的三次机会啊！一年只能请一次，不要浪费在这种事情上！”小 welcome 低声喊道。

大家谁也不说话了，周行任劳任怨地举着画像，小 welcome 低头思考着，一会儿她抬起头来，“我知道我该问什么了，如果是这样珍贵的机会的话。”

王湛点燃第一张天地符，黄色的符纸迅速燃烧卷曲起来，小 welcome 对着井上的红烛发问道：“王湛的爸爸到底在哪里？”

只觉得什么东西直击我的心头，我们都一动不动地看着小 welcome，举着画像的周行也在年画后抖了一下，寂静的空气中出现了“沙沙”的声音，一会儿这个声音消失了，王湛点燃了第二张天地符，小 welcome 又问：“王湛的爸爸到底在哪里？”

“沙沙”的声音再次响起，一丝寒意盘攀上了脖颈，我只觉得鸡皮疙瘩都起来了，这个声音离我们是如此之近，可我们谁也没敢回头看一下。王湛点燃了第三张天地符，小 welcome 还是问：“王湛的爸爸到底在哪里？”“沙沙”的声音又出现了，我们死死地盯着红烛，感觉其中似乎要幻化出某种幻境才是，小 welcome 开口了，“我的脚上……是什么东西？”

一张明信片从巷子的那端被吹了过来，一直吹一直吹，吹到了小 welcome 的脚边，周行脱力地将画像放下，“原来是明信片，吓死我了，我还以为是次元空间壁破裂了。”

我把明信片捡了起来，所有人的脑袋都凑了过来。“这是哪里的海边？”顾栎豪问道。

“是香港的维多利亚港。”我告诉他。

他立刻敬佩地看了我一眼，“赵兄不愧是个博学的人，连这都知道！”

“明信片的左上角自己写着。”我将维多利亚港几个字指给他看。

“真是灶神显灵，王湛原来你爸爸在香港！”小 welcome 激动道，连周行都用力点了点头，跟着激动起来，“还等什么，快看看明信片的背面，上面有没有留下地址！”

我将明信片翻了过来，除了被乱七八糟踩了好几个脚印外，什么也没有，这是一张空的明信片，我们都不由得失望地叹了一口气。

“这算什么？”周行不甘心地拿过明信片来上下翻看摆弄，好像要从明信片的缝隙里看出一个地址来。

“我明白了，”小 welcome 转向王湛，“这说明你爸爸在香港过着被人践踏的生活！”

我：“……”

周行将明信片上的灰抖了抖，交给王湛，而后拍了拍他的肩，语重心长道：“去香港找你爸吧！”

“香港……香港……可是香港那么大，我去哪里找，再说了，去香港要花很多钱吧？”王湛这时候却犹豫了起来。

“我们来看一看，去香港的旅行团报价，”我掏出手机打开旅行社网站的页面，大家又把脑袋凑了过来，“在这儿……这儿……4999 元。”

我看着王湛，“你不是很有钱吗，游戏全买正版的。”

“我不但买正版的游戏，还买正版的漫画和正版的 CD，你觉得我还会有钱吗？”王湛对着我发出了一个掷地有声的反问。

沉默了一会儿，我们都开始上上下下翻口袋，周行从裤子口袋的深处掏出一把零钱，接着又打开钱包掏出几张皱巴巴的零钞。

“你卖摩托车的钱呢？”我问他。

“那都是多久以前的事了，我早花光了。”

“我们几个人就这么穷吗，这要凑到什么时候去？”这时我瞥见一脸茫然的顾栎豪，突然想起了一件事情，“刚才旅行社的报价是 4999 元对吗？”

我们齐齐地望着顾栎豪，顾栎豪不由得退后了一步，接着又退后了一步，最后没办法了，被我们盯得发毛，“那……那好吧，在下顾栎豪，豪情似海，等我赢了比赛，5000 块奖金就给王兄了！”

“好！”周行大喊一声，将刚掏出来的钱迅速收了回去，如同河流汇入大海一般，零钱也汇入了他的口袋里。

我掏出毛笔和糖递给小 welcome，“这次不要忘记最重要的事情。”

“太上老君的嘴上也要涂蜜吗？”她疑惑道。

“按照逻辑来说，如果灶神要向太上老君汇报工作，那太上老君就只能向玉帝汇报工作了。你只是没有给灶神的嘴上涂蜜让他说好话，家里就会出现影子，要是没给太上老君嘴上涂蜜，怕是你家得出现金刚吧。”

“啊……好像是这样。”她接过毛笔，我替她掰出糖果里的夹心，这一次好好地给画像嘴上涂蜜，涂完小 welcome 显然很满意，“简直就是当季最新唇彩。”

收拾完所有的东西，画像是要烧掉的，这叫送神，我们拿去垃圾桶边上烧时，小 welcome 担心道：“在垃圾桶里烧神像……会不会……”

“庄子曾经说过，道无所不在，道在蝼蚁、道在稊稗、道在瓦壁、道在屎溺，所以没关系的。”我安慰她道。

小 welcome 看着我，茫然了一会儿，“虽然不知道你在讲什么，但就这样吧。”

回家的路上，顾栎豪和我一起骑着车，终于忍不住问道：“王兄的爸爸……到底去了哪里？”

“他的爸爸啊……消失了。”

王湛的爸爸是突然消失的，那种消失的方式非常美式，如同一个 1950 年到 1960 年间生活在美国马萨诸塞州或佛罗里达州的正在经历中年危机的男人，又像是一个雷蒙德·卡佛笔下的小说人物，在一个平凡而疲乏的周末，和儿子一起坐在沙发上看电视，球赛间隙起身和儿子说“我要出门去买一包烟”，一买就是二十年，再也没有回来的那种父亲。

有一天，据王湛回忆，那是非常平凡的一天，什么事情也没有发生，之前以及更早之前也没有发生什么令人印象深刻的事情。那天晚上吃过晚饭，他们开始看一个小品集锦，不知道为什么那个小品集锦是那样长，总也放不完似的，莱娟阿姨也一如往常和他爸爸打闹，在小品集锦的罐头笑声里，他姆妈一会儿唱歌一会儿跳舞，一整个晚上都兴致高昂，他爸爸似乎也非常的开心，一家人就这样笑啊闹啊直到半夜，那个集锦终于播完了。莱娟阿姨开始烧水洗脸洗脚准备睡觉，他的爸爸说要出门去扔个垃圾，王湛让他爸爸明早再扔吧，他爸爸却说“马上就会回来的”，于是他穿着拖鞋没有带钱也没有带钥匙，只拿过一件外套，拎起垃圾就出门了。

马上就要第六个年头了，也不知是在哪里迷了路，他爸爸还没有扔完垃圾回家。

“王兄一定很想他的爸爸吧。”顾栎豪望着远处，微不可闻地叹了一口气。

“我想是这样吧。”

之后的几个月，我们对顾栎豪进行了一系列的魔鬼训练，以助他夺冠，而他也很努力，在工作的间隙和休息时间都在大声背诵文化常识，本来就离他三米远的同事不禁离他更远了。

在这期间，周行陪着王湛去办好了港澳通行证，他们两个努力不多吃饭不多买漫画，想要攒下更多的钱，以便打印一些寻人启事之类的单子，多去几个人流密集的点分发一下，甚至还想过能不能直接在香港的报纸上刊登寻亲启事，总之作好了万全的准备，只等年底顾栎豪的奖金一到手，就可以出发。

小 welcome，“请听题：三皇是哪三皇？”

顾栎豪：“伏羲、女娲、神农！”

小 welcome，“请听题：五帝是哪五帝？”

顾栎豪：“太皋、炎帝、黄帝、少皋、颛顼！”

小 welcome：“好，我看差不多了。”

在一旁喝饮料的我：“这就差不多啦，你今天也没问什么难的题目啊。”

“知道三皇五帝差不多就等于上知天文下知地理了，不会再有问题了。”小 welcome 放心地冲我摆了摆手。

“赵兄，放心吧，没有我答不出来的问题。”顾栎豪拍了拍自己的胸脯。

“没错，到时候你招子放亮！”喊完最后一句小 welcome 终于舍得从沙发上跳下来了。

比赛的那一天，顾栎豪刚上场就下来了，动作迅速得好像根本没有参赛那样。

第一题是这样问的：“安徽省的省会城市是哪个？”

顾栎豪：“南京。”

而王湛呢，说不上他是失落还是松了一口气，总觉得他还没有准备好出发，还没有准备好独自一个人离开这个熟悉的城市踏上陌生的土地，可能他还是没有成长为一个真正的大人，也可能他觉得远远地逃开才是他父亲最想要的。

可是顾栎豪很伤心，努力了那么久想要的笔记本电脑终究还是没有得到，气得他闷头抱了一大堆酒来找我们，那天晚上莱娟阿姨不在，冬日的夜晚，我们便又聚集在了王湛的房间里。

除了一扎啤酒外他还带了一瓶电气白兰，用报纸裹好小心翼翼地藏在背包里，王湛和周行也准备了一瓶芝华士和一桶绿茶。

“你们这是要干什么，今晚不醉不归吗？”我问他们。

还没有人回答我，小 welcome 就举起那瓶电气白兰，“什么叫电气白兰？”

“安兄，你怕是没有看过森见登美彦的作品吧，这酒可是文豪专用，芳醇的香气却又没有味道，喝到肚中仿佛盛开花海一般。”

“你说的这是伪电气白兰吧？”我小心翼翼地纠正他。

“那什么又叫伪电气白兰？”小 welcome 的脸疑惑地皱成一团。

“就是……《春宵苦短，少女前进吧！》。”我指着她道。

“哎？”

已经忘记那天晚上是怎样结束的了，北风敲打着这个小小二楼的窗户，周行一杯一杯地用绿茶兑着芝华士，我笑话他这样真的很土，王湛不知从哪里找出一盒六花亭的糖果来给我们吃，小 welcome 喝了一杯电气白兰后告诉顾栎豪这像是兑了乌龙茶的芝华士。

就数王湛喝得最多，他嘴里嘟囔着：“好吧，那我先干为敬。”喝了一杯又一杯，快到凌晨的时候他便醉倒了。

等他醉倒后，顾栎豪突然说：“其实听你们说了后……我也去看了《命运长夜》，圣杯其实不能实现任何愿望吧，这个结局……”

“我也……去看了，这个结局确实让人……王湛一定是知道的吧，愿望什么的，别人是没有办法去完成他的愿望的。”我不禁又多喝了几口酒。

“其实我也去看了。”小 welcome 脸喝得红彤彤的。

周行将王湛拖上了床，看了我们一眼，罕见地没有要高谈阔论一番，又或是要大讲特讲一些王湛的丑事来献宝。

明明已经很晚了，顾栎豪还是坚持要先送小 welcome 回家，然后再送我回家，我提醒他我家可是在苏州城的另一头，他表示没有关系，绝对不能看着醉酒的同伴自己回家。

一路上他都在絮絮叨叨地谈着自己的事情，比如他的宝贝牛皮双肩包可是他叔叔从佛罗伦萨带回来给他的，“佛罗伦萨你知道吗，翡冷翠，Firenze！”他还讲了句很不标准的意大利语。接着又谈到了不久前他回老家相亲的事情，他挺喜欢那个女孩，看着斯文白净，一个没忍住忘记要装正常人，或者说，他决定在喜欢的女孩子面前做那个真实的自己了，“我以为她会喜欢的。”顾栎豪不无委屈地说道。当他在茶楼里大喊“我，顾栎豪，要成为草原与大海的王”时，那个白净斯文的女孩子突然变得很忙，有一个什么不得不离开的理由然后就不得不离开了。

“怎么又要成为什么草原与大海的王了呢？”我问他。

“赵兄，你有所不知，每一阶段人生的梦想都是不一样的。”

“所以成为徐霞客那样的……游侠是你小时候梦想？”

“我小时候的梦想是做青帮大佬！”

“……”

到了我家楼下，我冲他摆摆手，“那么，再会啦！”

“再见！”

结果我刚上楼，就听见他在楼下喊我，“赵兄，赵兄，行行好，给瓶水，口渴得紧。”

我拿过一瓶矿泉水爬上窗台抛给他，只见他豪饮完半瓶，潇洒抹了抹嘴，一个自由式上车，飞快地骑走了。

看着屋外此刻光秃秃的白玉兰树，我想什么时候春天才会再次来临呢？所以这个世界上到底有没有伪电气白兰，一喝入口，便仿佛有花朵盛开，酒液滑入肚中，肚中便盛开一片花海，喝着喝着，便让人满面笑容，幸福起来？

早晨醒来时
特别想在床上躺一整天
读书，有一阵我想打消此念

后来我看着窗外的雨
不再勉强，把自己完全
交给这个下雨的早晨

我能否这辈子重新来过？
还会犯下不可原谅的同样的错误吗？
会的，只要有半点机会，会的。

——《Rain》[美]雷蒙德·卡佛

命运之神的法则

作为人类，便会有很多模糊的不安，不管你居于何处、身处何位，有时候和你有钱没钱、生活是否优渥也没多大关系，简单来说，命运之神有一种法则不会让你那么顺利，间歇性地让你忧愁、烦心，从低谷步入高峰，从高峰跌落低谷，徐徐地进行一场人生的布朗运动。

自从本院课程结束后，我便很少再见到自己的同学了，我们各自过着各自不太愉快的生活，苦恼着自己的苦恼，担忧着自己的人生。

再次见到袁智新的时候，他比之在我印象中的那个他消瘦了许多，但依然是那个焦虑的、急切的他。出于一种必要的社交礼仪，我开始询问起他的近况，他松松垮垮的黑色羽绒服半吊在肩膀上，“我啊……嗯……”他愣了一下，又下定决心般抿了抿嘴唇，“我的目标就是尽快毕业，然后回老家结婚。”

“哦哦，这样啊！”我惊叹于他这个教科书一般的 Flag，很怕接下来他会给我看他未婚妻的照片，连忙结结巴巴地说道，“那……那你女朋友还在事务所实习吗？”

“她自己开了个工作室。”袁智新的眼神放空，延伸到远处的教室墙壁上，又折射回来，“其实总是要回去的，瞎折腾。”

我将重心换至右脚，又把双肩包的带子重新扯了扯，总觉得肩膀有些疼，“工作室啊……那房租一定很贵吧。”

“唉。”他抬起手来用拇指和食指搓了搓自己的额头，羽绒服互相摩擦产生了“窸窸窣窣”的微小声响，“她要搬去工作室，留我一个人住一居室，房租太贵又吃不消，这几天正在找地方搬家呢。”

给予了一些廉价的同情后，我们又匆匆汇入不同的教室，几天后断断续续从别的途径听到一些关于袁智新的消息，大多数是在说，他和他的女朋友，也许是未婚妻分手了，一些捕风捉影的证据类似于，她女朋友社交网站上那些模棱两可、意义不明的状态，又或是袁智新在各处寻求租房的信息——他找的是单人间长租。

但昂贵的中介费又让他格外咬手，一个月后在聚会上，他在临近最后搬家期限不远的几天，在即将睡大街的压力下，还没有选定新的房子。

我们七嘴八舌地给他出主意，马裴说他家可以暂时住人没问题；吴明希让他去 Facebook 上的学生租房小组里问有没有人正好要搬家，这样他可以免去中介费而接替住进去；最后还是交际花舒扬打了七八个电话替他解决了这个问题，免去了睡大街的命运。

天气渐冷，开始普降大雨，又或者说是因为普降大雨，所以各处都非常冷，我除了查找论文资料，便很少去学校了，但每次去都能在学校图书馆的自习室发现袁智新孤单的身影，总是穿着那件松松垮垮的羽绒服，仍然焦虑地、急切地表露着要赶紧毕业回家结婚的愿望。

他频繁来学校的原因是搬了家后一直没有网，每个礼拜他都怀抱着希望，下周，下周一定会办好网的！但是 Flag 一立，Flag 之神的法则就开始运转，一周又一周，各种稀奇古怪的理由都会出现，但结果都是一样的——神说，袁智新他不能有网。

又是一个寒冷的下午，我告诉袁智新我有一个较为熟识的水电工，可以叫去他家帮忙看看网线到底有什么问题，袁智新闻言又显出极大的热忱来，厚实的嘴唇微微颤动，“哎呀！那……那真是太好了！这下一定会有网的！”

都来不及阻止他，“你就不能给自己说这种立 Flag 的话，你知道吗！”我真是恨铁不成钢。

一路上袁智新问我什么是 Flag，我说，就是某句话一出，就代表着一种征兆，通常是一句充满着时间节点和希望的话，比如“某某某结束后就要回老家结婚”。

真想自己掌自己的嘴，我连忙扭过头去，没敢看袁智新的反应。

果然，事情还是向着最坏的方向在发展，接线的一端锁在了某个私人配电箱里，但怎么也找不到私人配电箱的主人，在目之可及的岁月里，袁智新可能都不会有网了。

“节哀顺变。”作为一个网瘾少年，我的表情也非常沉痛。

而袁智新呢，更加不用说了，如丧考妣。

“我简直不能更……”

我立马喝止他，“老袁，不能说这种话啊，命运之神会觉得你在挑战他。”

痛定思痛，袁智新决定接受现实，斥巨资买了一个随身Wi-Fi，在回家的路上，他灵光一现，突然胸有成竹道：“我知道该怎么说了！”

“我一定还会更加倒霉的！”一个反Flag。

24小时后，随身Wi-Fi摔坏了。

Flag之神的法则大抵是如此，当你充满希望时，他拈花微笑将希望戳破；当你企图利用规则反将一军时，他立刻让你知行合一。

幡随心动，命运之神是个唯心主义者。

夏日再会 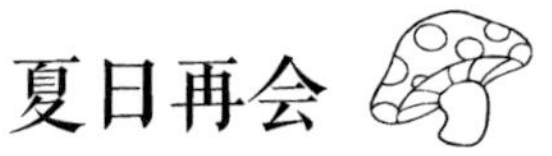

Part 1 无用的善意

铅云低垂，刚刚入暮的夜色又晦暗了一些，教室右侧巨大的玻璃窗外，树影微微晃动了几下，不过是沉闷又寻常的一天，距离闭校还有一个多小时，偌大的教学楼已经不复白日里的热闹，变得空空荡荡，为数不多的教室还亮着光。

袁智新举着手机冲进来时，我正站起来问吴明希打算什么时候走，马裴在讲台旁和俄罗斯人说着话，无意识地绕着手里的电源线。

他先是在我身边掠起一阵风，接着洪亮的嗓音在我耳旁猝不及防地炸开，“不好啦，不好啦！王起超要自杀啦！”

我立刻捂着耳朵痛苦地半蹲在地上，教室里剩余的人纷纷停下手里的事扭头看着他，马裴手里一个打摆拔了电源线，他坏了电池的笔记本顷刻间“啪嗒”一声黑屏了，他保持着目瞪口呆的姿势看了看袁智新又看了看自己的电脑，缓慢又不合时宜地吐出一个“哎呀”。

从学校去往王起超家大约有步行二十分钟的距离，第十分钟我和吴明希慢吞吞地走到环形花园的路口，正前方通往王起超家，左边是我家，右边是吴明希家，我们站在路口，不约而同地踯躅，我揣测了一下形势才斟酌着开口道：“我觉得没什么好去的吧。”

吴明希面无表情的脸闻言转了过来，略略下垂的单眼皮此刻因为连日来的倦意而下垂得更为明显了，这时她的表情咬牙切齿，生动了起来，“去死啊，赶紧去死啊！你看他到底死不死，昭告天下的人，都是不会去死的！”

我俩的手机几乎是同时叮叮当当地响起消息提示音，一条接一条，屏幕上的消息推送交相辉映、此起彼伏，我皱了皱眉头，不耐烦地划开手机，微信群里炸成一团，钱江和康成老早就在王起超家楼下了，袁智新跑来通知我们，马裴他们刚刚也到了，看样子还有一些别的他所熟识的朋友也在。

我和吴明希一时相顾无言，低头专心看手机，其间换了几次双脚的重心，“哦……王起超的意大利室友报警啦……”我抬头看了看吴明希。

她的脸在夜色中被手机屏上的冷光照得发白，三角形的眼袋泛出惨淡的青色来，“说是为了楚威啊，是楚威吧，他有病吧，楚威会理他吗？”

“他要么是热衷于自我感动，要么是童年缺失，长大后就渴望引起他人的注意之类的。”也不知是为什么，我既没有去跳楼也没去围观，可此时却仿佛亲身经历了一场闹剧般累得要命，连好好抬头的力气都没有，微微仰头翻着白眼看了看天空，“是要下雪了吧。”

“啊，可能要下雪了，我们赶紧回家吧。”吴明希紧了紧身上的短大衣，朝右侧微微侧了侧身，“那，明天再见啦！”

“明天再见吧！”我们挥手告别，各自走向回家的道路。

吴明希是我最好的同学，这话的意思并不是说，我到了研究生院才找到一个志同道合的同学，而是别的关系好一些的同学早已顺势变成了我的朋友，而吴明希却牢牢把控着这条线，始终只是我的同学。

由此就可以看出吴明希是一个很酷的人，而她的另一个属性是很普通，所以综合来说，吴明希是个很酷的普通人。

研究生院刚开学的那段日子，康成还没有满欧洲乱浪，他大概问过我不下十次，那个叫吴什么的人是谁来着？哦——那个吴明什么是我们同学啊……我们同学里还有个吴什么来着……不是，她长什么样啊……后来康成放弃了，他说，唉，这个人怎么一点记忆点都没有，像个剧情相关 NPC 一样，说完他便浪迹欧洲去了，等他彻底记住吴明希这个人，已经是一年之后的事情了。

康成不愧是个混迹江湖的老油条，看人自有一套，这个比喻打得确实很好，总之吴明希是个普通得很特别的人，她没有任何特长以及擅长的事情，但印象中她也从未搞砸过什么，她做事从不出格逾矩，但也不会谨慎细致到让人印象深刻、如沐春风，就连身材长相也无甚记忆点，她不高不瘦、不矮不胖，以至于当我们想提起她的时候，无法给她贴上任何标签，只能称之为“那个吴明希”，感谢上帝，幸亏她还有个名字。

没死成的王起超课还是要上的，奇怪的黑色棉中裤下套着紧身黑色 Men-leggings，踏着一双五彩斑斓的球鞋，面色还算平静，他左右晃荡了几下拖过一把椅子坐在我和吴明希的对面。“哎，你来啦。”我们有气无力地和他打了个招呼，他顺势咳嗽了几下，低头虚应几声，“你们……你们这个图不行啊！配色，就说配色，不够清爽！”他扭着身子侧过头来看我们的电脑屏幕，皱着眉头，表情严肃起来。

“啊？”吴明希抬头看着他，“配色怎么了？”

“你看这个，还有这个，”他的手指在屏幕上飞速挥舞着，在视网膜上留下些许残影，“沉闷，不够亮眼，没法让人一眼记住！”

我握着可乐罐头的手紧了紧，刚准备说话，从户外进来的钱江一看见王起超便咋呼道：“哎哟，这是谁啊，我们的伤情小王子！俗话说得好哇，古有梁启超，今有王起超，都是我们大中华民族的楷模哇！”

旁人听不懂他咋呼的中文，只是盯着他看，他便如站在舞台中央般，四处颔首回礼，王起超脸上的肌肉抽搐了几下，“大叔！你头发都秃了，就少关心这些！你自己呢，想想你未来的老婆在哪儿吧！”

钱江扁了扁嘴，像个赌气的年轻人一般重重往座位上一坐，夸张地唉声叹气道：“这是遗传！遗传！我年轻时候可帅了！”

“嘿嘿嘿嘿，”马裴笑了起来，从电脑后探出半个脑袋，“那你年轻的时候有没有女朋友啊？”

“谁说没有，”钱江着急道，眼睛瞪得老大，“就是现在，那也不是说……就没有。”

我们立刻全体竖起了耳朵，仰起头来看着钱江，钱江微秃的脑袋不服输地昂了昂，“只不过我是个低调的人，并不想谈这些私事而已。”

一时无话，各自画了一会儿，王起超又凑过来，“不是，我说你们这个配色吧……”

“那你画一个配色给我们看吧，你这样说我们也不懂啊。”吴明希下垂的眼睛温和地看着他，给出了一个非常合理的建议。

“那……好吧。”王起超非常勉强地打开电脑画了起来。

我扭头看一眼吴明希，做出一个疑惑的表情，她非常镇定，趁人不备迅速地比着口型说了句，“让他去画。”

约莫一个多小时后，王起超大功告成般甩过来一个配色，“你们查一下 Dropbox，我已经扔进去了，这个配色是我自己搭配的，比较清爽亮眼，你们用这个就行。”

吴明希立刻打开看了一眼，又非常温和地说道：“你看啊，你这个糖果色是很可爱，但是呢，教授上个礼拜已经给过配色了，所以我想我们还是用教授的配色吧，毕竟所有人都要用那个配色，你觉得我们是不是这样比较好呢？”

他站起来试图凑过来看屏幕，半途又坐了回去，“哦……那既然……既然大家都用一样的，我们也就不要搞特殊了。”

在椅子上转动了几下后，他起身去找熟悉的阿拉伯人聊天去了，我们听见他说，“上周，上周那个作业你做了吗？”

阿拉伯人立刻拿出毯子来铺在教室的一角，朝着耶路撒冷的方向做起了礼拜，“啊，说起来到了做礼拜的时间了呢。”

平安夜前一天，学校就早早地关了门，冬日里天黑得很早，这一年又比往年要冷得多，我和吴明希顶着寒风站在校门口听袁智新在那里焦虑地喋喋不休。

“没完没了的基础课程！”他挥舞着手里卷成一团的图纸，“数学，上次就差了一分没及格，这次又要重来！”

“嗨，没事的，”吴明希露出了宽慰的笑容，“我和小赵要准备物理，不也差不多嘛，都是一样的烦人。”

“我什么时候才可以和你们一起上高阶课程啊，”袁智新用图纸“啪啪啪”地敲着自己宽厚的手掌，“我恨理工大学！

我恨那该死的数学老师！ 我还有那么多实验课和必修课到底该怎么办！”

“实验课和必修课大家都是一样的啊。”我在袁智新连珠炮般的语速中好不容易寻找到了一个插话的机会。

“那你们好歹数学过了！”他露出羡慕得不得了的神情来，“我到底什么时候能过数学啊，一次比一次难，听说钱江认识好多学姐学长，他已经 get 到了 question list！”

“那就问他要咯。”吴明希将双手抱在胸前，身体朝左侧了侧，看了我一眼，我揉了揉图纸，看着袁智新，“天气真是冷啊。”

“哎，钱江这个人……”袁智新说了一半，跺了跺脚，“哎，好冷啊，回家吧，明天再见，哦，不对，这几天闭校，我们明年再见吧！”

环形花园附近的饼屋散发出温馨怡人的气息，巧克力和糖精的甜香味搭乘在欢快的乐符上满屋子乱飞，我俯身在一堆新鲜出炉的糖饼小人前深吸了一口气，“你闻到了吗，这是什么！这是圣诞节的味道啊！”

吴明希抱着一纸袋的面包边结账边含糊地应和道，“嗯嗯，是啊。”

我们刚要出门便遇上了推门进来的舒扬，他涂着发蜡的头发一整天下来还保持着蓬松的状态，这时常令我感到非常羡慕。

“哎呀！吴明希，恭喜恭喜。”他一看到我们便身子微微向后仰，挑着眉毛做出夸张的表情来。

吴明希不大自在地笑了下，看了我一眼拘谨道：“哎……那……谢谢了。”随后像搂着小孩一样紧紧搂着她怀里那袋面包。

我疑惑地看了一眼舒扬，舒扬马上惊讶道：“哎呀，小赵你不知道吗？”他边买泡芙边挤眉弄眼，“吴明希现在名花有主了。”

“哦……和郭众环啊。”我了然了。

吴明希拘谨地笑了笑算是承认了，气氛一时有些难以名状的尴尬，于是我们赶紧告别舒扬出了饼屋，走到各自回家的岔路口前，我们都一路无话，我有些习惯了，又有一点莫名的厌烦。

果不其然，到了路口，她也只是若无其事地和我说再见，仿佛刚才并没有发生什么特别的事情。

这已经不是第一次了，吴明希牢牢地把控着那条线，也许正因为我们是最好的同学，所以我才常常会靠近那条线，而吴明希总会用实际行动提醒我，我们并不是朋友。

有一次，也许那时候她和郭众环已经在一起了，但谁又知道呢，我们一起吃饭，郭众环问起她室友的事情，她简单回了两句，她室友的名字听起来甚是古怪，简直不像个汉族名字，我只是随口一问，她室友究竟叫什么，为何名字那么古怪，她便整个人如临大敌般地谨慎起来，“她……她……就是叫那个名字啊。”

“嗯？”我一时也被她这样的态度给搞糊涂了，“她到底叫什么名字？”

“名字……就是名字啊……”她挺直了脊背，目光四下游移。

偏偏郭众环仿佛完全没发现她此刻小心翼翼的态度，用手肘拱了拱她，“快，快给小赵说说，你家最近发生的糟心事，哎呀，真是事赶事。”

我尴尬地看着吴明希，吴明希继续目光四下游离，“哎……那个……事情……就是……挺多的……对……发生了一些……事情……”

而她这样提防我，对私事的全然守口如瓶，又缘于更早的一件事情，她认为我在观察她。

郭众环，对，又是郭众环，所以谁又不知道他们在一起了呢，一次买了盆花到学校，说放学要带回去，吴明希问他为何想到要养花，郭众环说自己没养过，纯粹是好奇，钱江便在那里絮絮叨叨地说：“‘中’环哥，枉费你拥有一整个‘中’环，竟然没有养过花。”

“那你让吴明希去养啊，她不是有经验吗？”我插话道。

“啊？”吴明希很奇怪，“为什么你知道我养过花？”

“你家的小别墅院子里难道完全没有绿色植物吗？我想不会吧，多少都会种点东西。”

“你为什么会知道我家是小别墅？”吴明希相当地惊讶，仿佛我要对她做什么。

这只是因为她之前说过，他老爸在楼梯的墙上贴满了黑胶片用以装饰，邻居的猫蹿到了她家的院子里，以及她妈妈抱怨，当初应该把另一套小房子卖掉，这样就彻底够了，这辈子不用换房子了。

房子里有楼梯+有自己的院子+她妈妈抱怨还是不够大=一套比较小的别墅，我并不确定我的推测，直到她发出反问之前。

但她从此以后认定我在有意观察她，认真而用心地提防我，从此不再吐露一星半点的私事。

我并没有有意地观察她，我观察每一个人。

圣诞节的当天舒扬组织我们去市中心的公园里喝酒，那天的公园很是热闹，天气虽然寒冷，但多数人仍然留在户外的餐桌上，有轨电车“隆隆”地从街道中间驶过，年轻人不断地呼朋引伴，大声歌唱，空气里满是甜酒醉人的辛香。

袁智新几杯下肚，又开始止不住地焦虑起来，“你就说那数学……对，你们都过了，那我怎么办？”

“还有我，放轻松——”王起超惬意地靠在椅背上。

“从此以后你就是我哥们儿了。”袁智新越过他身边的舒扬握着王起超的手诚恳道。

“为什么要挂我！如果我这次又挂了该怎么办？”大概在他车轱辘话说到第三轮的时候，舒扬拍着他的背安慰道：“嗨，哥们儿，人生中除了数学还有很多有意思的事情，你不应该只看到眼前的烦恼，你应该看到无限广阔的世界才对啊。”

“对，你说得对，有无限广阔的世界，可是数学挡在我的面前，我看不见……”

“不，我们应当拨开迷雾，如果说，我来到欧洲，这几年有什么重要的收获的话，那就是这种拨开迷雾的能力和勇气了吧。”

“可是我拨不开数学……”

“新的一年，我想要环游欧洲，第一站先去佛罗伦萨吧，那里有迷人的文艺复兴建筑，我可以静静地坐在圣母百花大教堂前，写生画素描。这样告诉你们吧，我立下了一个宏伟的志向，我想看遍欧洲的名建筑。”

“啊？你不上课了吗？”已经喝了三杯酒的我怀疑自己是不是已经醉而不自知了。

“No，no，no。”舒扬潇洒地竖起一根手指在我眼前晃动着，他想干什么，是不是要测试我有没有醉。

“一根，一根手指！”我马上自信地回答道。

“学习有很多种方法和途径，而我选择的是最适合我的一种，我想我有一个浪漫而自由的灵魂吧，向往无拘无束的生活，我热爱学习也热爱生活，两者相结合，我会在生活中学习，在学习中生活。现在，我真的觉得很不错，每一天都更加自由了，好像也变得更加透彻了。”

我目瞪口呆地看着眼前的舒扬，他双手交握撑在桌上，面前那杯 Mojito 里的冰块已经融化了 3/4，吴明希此刻正娇俏地靠在郭众环怀里，进入到毫不避讳的阶段，袁智新不知道什么时候跑到了王起超身边又开始“车轱辘”他的数学，而钱江不知道在街道上自拍了多久。

不是，有没有谁来救救我，或者来个人掐我一下，我为什么觉得自己清醒可又好像醉了呢。

“等等，舒扬，我觉得我好像有点醉了。”我打断他的滔滔不绝，伸出一掌试图抵挡在我们之间，做出一点徒劳的抵抗。

舒扬点点头，帅气而潇洒地打了一个响指，“侍应生，这里，两杯 Macchiato！”

在我将黄糖倒入 Macchiato 的当口，舒扬却在凝视着咖啡上的拉花，他低沉的嗓音再次响起，“表面上这只是一杯小小的咖啡，你看它的香气袅袅上升，其实这其中蕴藏着许多欧洲文化的精粹，我最近真的想明白了很多，从一杯小小的咖啡中也能看出些许人生。”

不好，这位朋友竟然比我还能总结人生道理，我也只是在做错物理题的时候才喜欢讲人生道理，但舒扬厉害了，舒扬万物里都能看出道理来，俗话说得好，一山不能容二虎，一个城市不能容两位长者，我作为一位长者的地位也不禁岌岌可危了起来。

这看似只是一个寻常的圣诞夜，可实际上却危机四伏啊！

“奶泡漂浮在咖啡之上，我们看见的都是漂亮的拉花，可是真正珍贵和重要的其实是下面的咖啡，而如果没有咖啡，奶泡就没有可以承载的地方，拉花也会变得毫无意义。我想对一个男生来说，表面的光鲜是一回事，但重要的还是要有底蕴和内涵，我想游历欧洲，经受各种文化碰撞，认识各种各样的人，期待着自己变成一个真正的男人凯旋的那一天！”说到激动处，他以拳击掌，“我要去记录和观察，去纠正教科书上的错误，做一些真正的有意义的事情！”

“哦，那你很厉害啊。”我马上给他鼓起掌来，同时感受到大脑迅速地进入放空状态，好像已经无法正确理解一个句子的含义了。

身旁的吴明希语调夸张黏腻地喊着，“哎呀，好神奇呀！”“真的那么厉害嘛！”“我不知道，我不懂——”

她不知何时从一个很酷的普通人变成了一个恋爱中的普通人，哎，她现在可不酷了，我感到有一点点惋惜，她托着腮仰头看着郭众环，郭众环正被她哄得哈哈直乐，一笑便挤出一个憨厚的双下巴。

喝至深夜我们才散场回家，街上霓虹闪烁，麋鹿和圣诞树形的彩灯挂满了整条街道，延伸到视线的尽头，像一个永无止境的欢乐世界，没有悲伤，没有烦恼。

一群人在车站等末班车时，王起超突然和我好声好气地说道："小赵，考试季我要准备数学，你知道我已经挂了两次了，材料分析那个软件，我看你最近都在学……能不能帮我导出一下数据，你看这样是不是……如果我再学可能也来不及，我必须得过了数学才能学高阶课程对不对，你知道这个事情有多麻烦的。"

"那好吧。"我想了想觉得也不是特别麻烦的事情，虽然不那么情愿也还是一口答应了下来。

这时，在一旁的袁智新也心思活络地凑了过来，他紧握双手，有些不好意思道："吴明希我知道你之前和小赵一起在用那个软件做分析，你看你能不能帮我……"

"有空我教你啊。"吴明希打断了他的话。

"你教我当然好，但是关键是时间上，我还要准备数学考试，你懂的。"袁智新更加不好意思起来。

"我也要准备物理考试啊。"吴明希诚恳道，"你学一下比较好，万一以后还要用呢？"

"哎……那，好吧好吧。"

子夜街区宁静的道路上空无一人，我们随着末班有轨电车又回到了环形花园处，早早被悬挂起来的彩灯兀自闪烁着，我和吴明希结伴走向岔路口。我忍了忍，还是没能忍住，“吴明希，你为什么不帮袁智新呢？你知道其实也不是很麻烦的事情，但他现在的状态是真的很焦虑了。”

“谁又是轻松地活着呢？”吴明希皱了皱眉头，“他自己的事情就该自己去负责，不应该麻烦到别人，我们不都是这样累过来，苦过来的吗？我帮他，谁又会帮我？不管他怎么苦，怎么焦虑，都是他自己的事情。”

“话虽如此，可是力所能及地关心一下同学……”

她几乎是下意识地打断了我的话，“我们只是同学而已，我们对他是没有责任的。”

态度是如此强硬，我几乎被吓了一跳，徒劳地张了张嘴，最终什么也没说出来，我们沉默地走到了岔路口，“那么，再见啦，祝你圣诞快乐。”我朝她摆了摆手。

吴明希难得地犹豫了起来，最终她踏出了一步，“你啊，总是有这些无用的善意。”

这可能是我们相处的年月里最接近朋友的一个瞬间，这显然不像是能对同学说出来的话，这一刻，她又重新变回了那个冷酷的吴明希，利落而果断地生活着，像个真正合格的大人，一种普通人的生活极简哲学。

一个心如磐石的朋克少女，冷漠又普通，再迷人不过了。

Part 2　他脑海中的女朋友

街角的 Cappuccino
穿过城市的电车
冷冷的冰雨
我的心跳
寂寞而有力

“哇！”袁智新率先拨浪鼓般摇起了头，“受不了他。”

“真没看出来，”马裴贱笑起来，“嘿嘿，舒扬还是个诗人啊。”

舒扬不但如约开始了他的环欧洲之旅，还顺便成为了一名诗人，这已经是他这个月创作的第九首诗了，一开始他是给城市写诗，后来给建筑写诗，给偶遇的路人写诗，给美食写诗，发展到现在，他开始给喝过的咖啡写诗。

不愧是一个能从万物中看出人生道理来的男人啊！

原本我们只是聚在一起看舒扬分享在朋友圈里的诗，从贫乏的生活中获取一些精神食粮，谁知道我往下一拉再松开，朋友圈刷新出了一个震撼人心的九宫格。

我们几人几乎是同时发出巨大的惊叹声，惹得公共自习室的人纷纷侧目，马裴立刻将一根手指压在嘴唇上示意我们噤声。

所有人的脑袋都挤到了一起，手机屏幕上的九宫格，几乎以要满溢出来的姿态宣告着修图软件对人类审美的迫害。

“我这是眼睛快要瞎了吗？”我赶紧捂着自己的胸口，有些喘不上气来了。

吴明希皱着鼻子眉头，嘴角向下，身子微微往后倾，做出一个无比嫌弃的姿态来，“真是亮瞎了我的狗眼啊！”

“不行了不行了，”袁智新又开始拨浪鼓般摇起了他的头，“说好的低调呢，我就知道钱江是肯定忍不住要炫耀的，新女朋友是吧，我敢保证他们根本就认识了没几天！”

我用手指戳着屏幕纠正道：“是太太好吧，上面写着‘我的太太’几个字呢。”

“太太……嘿嘿嘿嘿。”马裴好像觉得分外好笑。

穿着粉黑两色运动夹克的女生，梳着一个高高的马尾，露出光洁的大脑门，用差不多的姿势连拍了九张，当然也可能是拍了一百八十张，只是从中挑选出了九张发出来，由于磨皮磨得太狠，五官之间没有了阴影与明暗对比，整个人看起来神奇地拥有了一种扁平感，一晃眼会错觉是个放在背景前的卡通小人。

“这个眼睛是什么？”袁智新伸过手来点开了其中一张，“贴上去的吗？”

“放大，是放大过头了。”吴明希解释道。

这之后，每隔几天都可以看到舒扬的散文诗和钱江的九宫格，我们姑且认为那是散文诗，我们也姑且认为那就是他太太，课余生活得到了极大的调剂和丰富，“妈妈再也不用担心我的学习了”。

就连同学关系好像都得到了一些改善，变得更为融洽了，讲别人坏话真是人类文明的一大瑰宝，搞不懂怎么还没有申请非物质文化遗产。

每年差不多过中国农历新年的时候，就是冬季学期的考试季，袁智新已经陷入了焦虑的无间地狱，“我真傻，真的，”他说，“我单知道夏天有数学考试，那考试凶神恶煞，是要吃人的。我不知道那冬天还要再来考，我一大早起来就开始学习，拿出一些数学题，坐在自习教室里……”

说得多了，我们将他的悲伤和焦虑咀嚼殆尽，我也有点体会到吴明希所说的无用的善意了，哎，我的善意啊，帮不了任何人，后来我们一见他，便主动问他：“你的数学怎么样了？”

他之后几次又接连没过，便涨红了脸，嗫嚅道：“数学，数学……我们读书人的事情，怎么能叫挂科呢，准备不充分而已。”

“哦，那你什么时候准备充分啊？”

接着便絮絮叨叨着一些“高斯定理”“拉格朗日”之类难听懂的话走远了。

材料考试前，王起超连木质素都没有背下来，并且认为这可能是木糖醇的学名，最大的作用是从植物中被提取出来，做成有清新植物香气的口香糖。但考虑到木质素是一种芳香性高聚物，我觉得他的想法也不能说是一点道理都没有。

“哎，小赵，要不我们组一组一起考吧？”排队等着考试前，王起超突然这样向我建议道。

我从 Handbook 中抬起脑袋来看他，“我们为什么要组成一组？”

“你看，数据是你导的，我也不是很清楚啊，你好人做到底，送佛送到西怎么样？”

“不是……你看你能不能自己走过去，我就不送……”在我委婉拒绝的当口，他大力拍着我的肩，“大家同学一场，同学一场！”

身旁的吴明希看着我，一言不发，我突然有点心虚，仿佛被看穿了怯懦而难以拒绝他人的一面，一个晃神，给自己立了一个巨大的 Flag，“好吧，那这最后一次了。”

说出去的话就像泼出去的水，我已经覆水难收，我完了，我的预感是对的。

当我们口语快考完的时候，教授终于第一百次把视线转向了在一旁文静低头，保持优雅姿态的王起超，“你怎么不回答，这个木质素的问题你回答一下。”

王起超：“……”

教授：“木质素主要是用于什么产品的添加剂？”

王起超：“口香糖。”

教授：“……”

我：“……”

教授：“你们没有准备好为什么要来考试？重考吧。”

我们沉默着走下去，谁也没有说话，刚回到座位上，钱江就凑过来嬉皮笑脸，“怎么样，一定是高分哇！”说时迟那时快，王起超迅雷不及掩耳地站了起来，从“文静少妇”化作“怒目金刚”，他难以置信又略带讥讽地看着我，大声质问道：“你怎么不好好复习呢，刚才你不是还在看书吗？我刚说你挺认真的，你这完全不行啊！”

哎呀，这男人怎么这样，翻脸比翻书还快，真是“六月的天，孩子的脸”，这心思何止是海底针，简直就是海里的水、沙漠里的沙、空气里的二氧化碳、口香糖里的木质素。

我决心展现一下我的魄力，于是站起来反驳道：“到底是谁没有复习，你有种给我再说一遍。”

“你怎么不好好复习呢，刚才不还在看书吗？”王起超从“文静少妇”化作“怒目金刚”，他难以置信又略带讥讽地重复了一遍。

他竟然真的又重复了一遍，真是气死我了，怎么会这样，下面是不是该打他了，这下不打一架真是说不过去了，可他比我高又比我壮，我又是个识时务的俊杰，那么我……

正当我哑口无言，在脑海中进行着激烈思想斗争时，袁智新跑了过来，拉住王起超，“好了好了，大家都少说两句，少说两句。王起超走了，我们去吃饭吧。”

袁智新真是个好人，祝他一生平安，或者过数学。

材料考试挂科后一周，我还没有从失败的阴影中走出来，心情低落，觉得自己这辈子可能都无法走出这屈辱而悲怆的口香糖事件了。面对着袁智新，我低下了自己高贵的头颅，“那……那难不成，我下次补考还得和王起超一组，我还要再看见他的脸吗？”

“你好歹只是补考材料，我呢，我的数学还没有过，要是能让我过数学，我愿意天天看着王起超的脸吃饭！”袁智新时刻不忘记他的数学。

说到这里，我突然想起来一件事，“王起超好像快要做你室友了吧，我说你们最近走得那么近呢，原来不全是数学都没过的友谊啊。”

“哎，”袁智新摆了摆手，“楚威拉黑了他，他也不打算再搬进来了，说要退押金走人。”

我立刻展露出一副幸灾乐祸的嘴脸来，“早说楚威不会给他好脸色看的，他也太自不量力了。”

袁智新撇了撇嘴，又耸了耸肩，“对了，你的模型还在我家呢，你放学后记得去我家拿模型。”

下午我和袁智新结伴回家，他向着右上方伸出手，慷慨激昂道：“小赵，你也不用太生气，正所谓人间正道是沧桑，王起超这种人嘛……哎，生活自会给他一记响亮的耳光！”

楚威拉开门反手一个耳光扇在王起超脸上时，天地间仿佛只余下那清脆又响亮的一声，“拿好你的钱，给我滚！”

紧接着门被重重摔上，我甚至来不及多看一眼王起超的表情，捏着饮料的手下意识地一紧，果汁晃荡到了自己的手上。直到楚威回了自己的房间，我和袁智新还保持着呆若木鸡的姿态足有半分钟，如果此时有人给我俩摁下快门，也许可以参加“智障也有春天”系列摄影展。

“厉害了！”回过神来，我立刻击掌赞叹道，因此果汁晃出来了更多。

“哎呀，楚威这个女人真的是，又漂亮又有魄力，绝对能成大事！”袁智新也激动起来，手里的饮料晃得到处都是，“如果让她去考数学，那肯定是能过的！”

周三的下午照例是没课的，我们一群人也像平常一样，聚集在自习室里边写作业边聊八卦。这时钱江上完选修过来，屁股还没坐热，便阴阳怪气道："听说我们的'民族脊梁'被扇了一耳光哇。"

"钱总你消息灵通啊。"袁智新从电脑上抬起头来。

"嗨，"钱江摆了摆手，"哪里哪里，略知一二。我看王起超可伤心了，这几天都不怎么来上学了，总不是躲在家里偷偷哭吧，为了一个女人那可不值。"

"那可是楚威啊，号称整个北部最美丽的亚洲女人。"马裴道。

"不过楚威确实漂亮。"钱江扁了扁嘴，回味了一下，"难怪王起超那小子鬼迷心窍，要是我没有太太……指不定我也……"

"咦……"我们赶紧嘘他。

楚威就是这样威风凛凛、持靓行凶的大美人，又高又瘦，爱穿高跟皮靴和刺绣夹克，远看像大哥的女人，近看是大哥本人，可远观而不可亵玩焉。袁智新原本去看房子前还有诸多不满意，开门一看见楚威，什么都服了，嘴巴咧到耳朵根，只晓得点头说好，要是有尾巴，能把尾巴摇断了。

后来王起超去找他玩，无意间看见了楚威，如遭雷击，当即作出心灵的感悟，"没错了，就是她了，我命运中的女人"，当即发下宏愿，这个就是我的女朋友了，非她不娶！

但命运给了他一个响亮的耳光，告诉他：不是，朋友，你想太多了，事情不是这样的。

我们咀嚼完了王起超的痛苦与悲伤，便谈论起了不在场的另两位，康成与舒扬，他们一个终日流连法国和西班牙，不是红酒便是牛排；另一个化身吟游诗人，辗转在各个小城，要做这个时代的荷马。

“这个舒扬，还是年轻，还是不行。”钱江昂了昂微秃的脑袋，面色中流露出一种略带倔强的长者风范，这让我暗叫不好，这年头，谁都想来抢我长者的饭碗。

“你竟然说舒扬不行！你怎么能说舒扬不行呢？”马裴可能比舒扬本人在场还要激动。

“这男人嘛，虽说四海为家，但是有根才有家，这个根就是家啊，要先成家再立业，不然就是没有根，无家哪来国，无国哪来家。”钱江慷慨激昂地说起了一些不知所云的玩意儿，恰如其分地展现出了一些中年人的风采，这让我恍惚间以为自己在酒桌上吃饭。

当时还不甚明白其间的深意，复活节一到，钱江便悄然消失了，再次出现的时候他在朋友圈里，不知何时已然回国了。

回国后他开始进入疯狂秀恩爱模式，自拍来个九宫格，吃饭来个九宫格，唱歌来个九宫格，出去旅游来个……九宫格已经不够了，必须连续刷屏，每次都是九宫格才行。我们见过了他未来太太不同程度磨皮的脸，不同程度被放大的眼睛，时尖时宽的下巴和时深时浅的法令纹……过尽千帆后，我们都有同一个深深的疑惑：不是，他太太到底长什么样啊？

有一次，他们可能过于放飞自我，磨皮磨到了一种略显魔幻的程度，袁智新指着钱江说，“这个年轻人是谁？眉眼间有点像钱江，可能是钱江的弟弟吧。”

“他弟弟能搂着嫂子吗？”我反驳道。

“那可不一定。”袁智新抿着嘴郑重地摇了摇头。

第十天，疯狂模式切换到了无尽模式，袁智新痛苦地掐着自己的脖子，“我不行了，我有生理反应的恶心了，救救我！”

最后，微信朋友圈的屏蔽功能救了他的命，他终于过上了只有数学的清静日子。

那一阶段的朋友圈异常精彩，康成的葡萄美酒夜光杯，舒扬的吟游诗人环欧之旅，王起超的疗伤 Party 不停歇，还有压轴大 Boss 钱江的秀恩爱无尽模式，共襄盛举，可以说是一个朋友圈的盛世了。

啊，这盛世，如你所愿！

吴明希摇了摇头，手指在手机屏幕上上下滑动，突然“啧”了一声道，“康成说要回来考试了，他想什么呢，在外面玩了三个月，说回来考试就回来考试啊，作业都还没写呢，这要是能过，那就有鬼了！”

“可不是吗！”我们都附和道。

复活节过后新加的那批考试场次中，康成不但没写作业，而且每一门考试都过了，而我们却挂了不同的科。

“见鬼了，真是见鬼了。”我们此起彼伏道。

我们各有各的苦，康成的幸福却是始终如一的。

旷了两周的课，钱江终于恋恋不舍地回来了，这次回来，和以往可大不一样了，精神头十足，“赶紧毕业，回家结婚了！”可以说是有点迫不及待了！

今天学个菜，明天煲个汤，全部都要展示在朋友圈里，遥遥呼喊他的太太，“太太你喜欢吗？”“太太，回来等我做给你吃！”

这惹得吴明希啧啧称奇，“男人都那么想结婚吗？我得回去问问我家老郭，不知道他是不是也想结婚。”

而康成和王起超人虽然不在学校，“英灵”却始终飘荡在朋友圈里，就属他俩点赞最勤了，这个夸钱江是新世纪好男人，那个便赞美他是当代好丈夫的楷模，把钱江给乐的，恨不得当场桃园三结义。

为此，钱江猛夸道：“你们看，成就是成功，起超——起码要超越，连起来不就是功成名就、超越自我的意思，俊杰俊杰。”

我们陆续开始见到春季新生，各式各样的欢迎周活动也进行得如火如荼，我们总能超越自我的成功人士康成、王起超也难得地现身了。

这个春季给我们带来了很多消息，比如说，康成分手了，王起超又有了新的追求对象，舒扬也从欧洲大陆的另一端捎来振奋人心（并没有）的喜讯——他和他的暗恋对象已经有点苗头了。

尽管这些事情和学习一点关系也没有，但也算是新学期所带来的新气象了吧，大家的人生都进入到了一个崭新的春天。

考场得意情场失意的康成耷拉着眼皮来和我们打招呼，袁智新立刻兴奋地冲上前，拍着他的肩膀道：“别难过，千万别难过，俗话说得好，有得必有失，不管怎么样，你数学过了呀！”

康成勉强地抬起眼皮斜了他一眼，“我愿意挂掉数学来换取和我女朋友和好。”

“是前女友。”我出于好意提醒道。

“哼。”康成从鼻孔里哼出一个有气无力的音调来，阴阳怪气道，“谢谢提醒。”

钱江穿着他可能从来也没换过的黑色大衣大步踏来，脚底生风，面色泛着红光，连微秃的头顶也比平日里更为闪亮，冲着我们微微颔首，适当地展现出了一点中年人的风采，“诸位怎么样啊，春天到了，天涯何处无芳草哇，现在不就是收获芳草的季节吗？”

吴明希从下到上将他打量了一番，“现在最春风得意的就是你啦。”

“就是！”马裴立刻附和道，“什么时候请喝喜酒啊？”

“哎呀，”钱江故作忧愁，做作地展现出一丝愁容，“男人要先成家再立业啊，我嘛，立业也算立了一半了，现在好多公司要预订我回国后的职位，这个成家嘛……唉，我其实不急，但我太太是有些着急了，回国，回国我怕是就要结婚咯。”

话虽一副不情愿的样子，脸上早已是藏不住的得意和兴奋，他故作忧愁地背着手叹了几口气，兴许是觉得自己一个人幸福总归是不太好，又及时地关心起别人的幸福来，眼神转了一圈，最终落在了吴明希身上，“我说吴明希啊，你也不小了，催催‘中’环哥吧，那我们‘中’环哥有一整个‘中’环，还能苦了你啊，早点嫁过去做少奶奶吧！”

这番说辞让吴明希有些尴尬，她转着手里的笔，作出心不在焉的姿态来，“我们不急，这种事情总要等感情稳定了，才能水到渠成。”

大概真的是兴奋过头了，钱江指点江山般在空气中大幅度地挥起自己的手，“什么水到渠成，你要先下手为强啊，现在年轻漂亮的女孩子那么多，我看郭众环魂都快被勾走了哇！”

又大概是伤心过头了，康成抬起一直耷拉着的眼皮，抱臂看着吴明希，“是啊，我来的时候，看见郭众环了，参加欢迎周参加得那么开心，说是有几个熟悉的学妹今年春季也入学了。”

“是吗？”吴明希似乎是不大愿意介入这两个陷入恋爱情绪两端的人的谈话中，打了几个哈哈把话题给带过去了，余下的时光里我们被迫听钱江念叨了许久他的结婚畅想。

他表面上一副不太想那么快结婚的样子，行动上却迫不及待到已经将电子结婚请柬给做好了的地步，尽管这个请柬从审美意趣到制图技术上来说都非常粗陋，但无疑淋漓尽致地展现出了一个中年人对家庭生活与爱情的向往，尤其是从那闪光变换的玫红色艺术字体“白头偕老”和“天长地久”上可以看出来。

“小赵，”钱江手指上下翻飞，迅速将请柬在我眼前再滑动了一遍，“你觉得如何，有没有什么意见想给我提的？”

“没有没有，”我慌忙摆手，“就是……就是，你为什么要祝自己早生贵子，这种祝福让别人给你写好了。”

钱江对此毫不在意，“请柬，那就是对自己的祝福，我觉得没有问题！”

我觉得这个回应很厉害，可以说是中年人的生活智慧了。

Part 3　人生的莫比乌斯环

“闹鬼了！”这是他第一万次在慌慌张张、神神道道地讲这件事情，“那可不得了哇，真是闹鬼了，这个地方我没法住下去了！”

不知道为什么今天的吴明希格外沉默，她机械地摁着鼠标，发出规律的“啪嗒啪嗒”声，电脑屏幕发出的蓝光映照在她面无表情的脸上，三角形的眼袋泛着青黑色，向下耷拉的眼睛便更为丧气了。一旁的袁智新也装作没听见的样子，专心划拉他的模型，只有马裴还顾及同学之间的情谊在和钱江搭话。

这时他突然注意到了我，“小赵，你说说，你家闹过鬼哇，你有经验，该怎么办，你说！”

“我？”我吓了一跳，抬头看着他，“我哪里知道，再说了，我一早和你说过，那不是闹鬼，你别自己吓自己了。”

“鬼火啊，我家里出现了鬼火，鬼火你见过吗，你不能动，否则鬼火看见你就跟着你飘，真是把我吓破了胆，一想到那个画面，我现在还哆嗦！”钱江情绪激动，第一万次添油加醋地说着，右手安慰性地拍着自己的心口，“这还不说明我家里有鬼哇！”

“我都跟你说了，”我耐着性子又解释了一遍，“那是你在厨房堆了太多虾壳，从虾壳里飘出来的磷，不是你家真的有鬼，不然你还能活到今天啊！”

“那鬼火认人，跟着我走！”他言之凿凿。

“那也很正常啊。”

说来说去都不行，钱江神神道道了一段时间，祭出了民间撒手锏，他摸了把脸，倔强地昂了昂微秃的脑袋，认真严肃道：“只有这一个办法了。”

我们看着他，他坐在凳子上，叉开双腿，双手撑在腿上，“结婚冲喜。”

“你不就是想结婚嘛！”我们异口同声道。

五月中旬，暖气停了，夏天也就悄悄地来临了，一点一滴，在校门口的玉兰树上，在冰淇淋店里排队的孩子们身上，在热销的果汁上，在学校自动贩卖机里脱销的可乐上。

除了早晚还有些凉意外，白天已经些微有些暑气了，那是一个微凉的五月间的清晨，我起了个大早，抱着一堆材料去学校。街道上还没什么人，除了早早开门的咖啡店外，别的店铺都大门紧闭，路上不多的行人，也都是起了个大早，沉默着没好气的脸。

因为气温变换的缘故，早晨的郊区还有一些薄雾，就是在这薄雾中，我看见了坐在环形花园中的吴明希，她垂着头，坐在喷泉旁的长椅上，一动不动。

早班的有轨电车绕着花园开过，从轨道上驶过的声音惊动了她，她抬起头来看见了在马路对面的我。

我紧了紧身上的长袖外套，起身和吴明希换了个位置，让她待在靠近烘焙机旁的温暖空间里，我们面前摆着大杯的Cappuccino，还有两个热腾腾的新鲜出炉的巧克力牛角面包。

一个三四岁的小孩在高凳子上坐着，将果酱面包吃得满脸都是，店主在咖啡机前忙碌，偶尔抽空才帮她浮皮潦草地擦一下脸。

这家叫红色玫瑰的咖啡店是距离环形花园最近的一家咖啡店了，除了我俩外，还有四五个早起的老年人，正在一旁闲聊看报。这里热乎乎的，嘈杂又安静，咖啡机发出烘焙咖啡时的“嗡嗡”声，空气里满是镇定人心的咖啡香气。

将牛角面包塞入嘴里，我端起咖啡杯看着吴明希，她也在吃着，似乎觉得麻烦到了我，有些不好意思起来，先是抽了两张纸巾给我，又问道：“那……你这是要去学校吧？要不你快去吧。”

“倒也没有那么着急。”我咽下嘴里的面包回答道。

“唉。”她唉声叹气地吃着面包，三角形的眼袋尤为明显，下垂的眼角低垂得厉害。

我踯躅着不知怎样开口，也不知道该不该问，最终还是打破了沉默，“那……那你这样跑出来，郭众环有来找你吗？毕竟郊区也不安全啊，万一你遇到了什么……”

“谁知道呢，我什么都看到了，我待不下去。”她将吃了一半的面包放下，焦虑又疲惫。

又沉默了一会儿，吴明希几次直了直脊背，又喝了好几口咖啡，才下定决心般问道：“你们……你们都知道那个女孩的事情吧？”

“我……”我有些不知该如何应对才好，这样算是对吴明希的背叛吗？不过……我们本来也不是朋友吧，“我也不是很清楚……但是听康成提过。”

“也只有我蒙在鼓里了。”她失落又憔悴，手里小半个巧克力牛角面包里的巧克力酱缓缓流淌下来，她也没注意，“怎么你们都不告诉我呢？”

“这种……这种事情，没有证据谁敢瞎说。”

她仿佛这才注意到了流淌到手上的巧克力酱，将牛角面包放下，机械地抽过纸巾，一下一下擦着自己的手，“他说他和那学妹也没有什么的，只是撩骚了一下，再说，我看了聊天记录，确实是那个女的主动。老郭……老郭家条件那么好，他以前也常说，总有女孩子主动贴上去，你看，这不就是一个活生生的例子。”

“那……”我喝了一口咖啡，不安地在座椅上挪动了一下，“这就算精神出轨了吧？”

“精神出轨……啊……对，是这样……”吴明希双眼放空，毫无焦距地看着空气中的某处，普通的脸上露出了一个普通的表情，“但是……这时候就该说分手了吗？”

“不不不……我没有劝你分手或者不分手，只是突然想到这个词而已。”我慌忙摆了摆手，忙不迭地抱起材料，“我先去学校了。”

在互相拉扯了一番“咖啡钱到底谁付”之后，吴明希终于在我矫健的身手下败下阵来，她不好意思地交握着双手，语气诚恳道：“唉……这真的是麻烦你了。”

走出咖啡店时，我犹豫了一下，还是和她说：“那……如果还有什么要帮忙的话，就和我说吧。”

也不知道是谁走漏的消息，总之好事不出门，坏事传千里，很快郭众环精神出轨这件事情就成为了新一轮的谈资。

“我们‘中’环哥的条件可以哇。”沉浸在自己马上就要结婚的喜悦中，钱江十分乐意消费他人的不幸，“就说那吴明希，太放松了，也该自我反省反省了，是不是自己没有魅力哇？”

“噫……”我们立刻齐声嘘他。

但好戏还没有开始，便迅速地落幕了，吴明希不愧是一个很酷的少女，痛定思痛，快刀斩乱麻，立刻便和好了，不留一丝余地。

钱江又有话说了，“男人嘛，精神出轨不是大事！”

真不知道他话怎么那么多。

也许是因为我见证过她落魄并经历过患难的时刻，我和吴明希的关系似乎开始变得有些像朋友了，她特意邀我在周末出来吃饭。

撒满时蔬的“四季比萨”冒着热气，我们各自面前摆着一杯甜口起泡酒，我专心致志盯着眼前这盘凯撒沙拉里的鸭皮。

吴明希带着一丝雀跃的兴奋，认真地和我分享着她的心情，“有时候出轨不完全是坏事，就像塞翁失马焉知祸福，老郭说了，没有和学妹认识前，他都意识不到我对他的重要性，但是这件事之后，我们谈了一次，他还哭了，说，现在终于明白他真正爱的人就是我，说等一回国咱们就结婚！”

唉，这怎么都中了结婚的毒，“但是，他的学妹的话……其实是他先认识的学妹才认识的你，你看是不是这样一个关系……”

“啊？”她疑惑地看着我。

我想不通这话有什么难理解的，便也疑惑地看着她，过了一会儿，我明白过来，有时候真相并不重要，我们愿意相信什么才重要，这甚至也谈不上可悲和可笑，我们都是这样活过来的，我们普通人的精神吗啡。

总之，焉知祸福的吴明希，又变成了那个普通的快乐的恋爱中的小女生，得到了属于她的波折与小确幸。

焦虑的朋友袁智新，也在放弃希望的时候迎来了他的春天，数学过了！

一场突如其来的幸福，春天，不愧是万物复苏的时节。绝境逢生，袁智新摩拳擦掌，“数学都过了，那物理还是难事吗？”

为了庆祝他渡过了人生难关，他热情地邀请我们去他家里搓麻将。

接近夏天，天也亮得很早，五点多接近六点的光景，天已经透亮，外面的鸟不知疲倦地叫了起来，康成边站在阳台上抽烟边开窗透气，“哎呀，好久没看日出了，别说，这大清早的空气就是清新。”

其余人一边搓着麻将一边敷衍道：“是啊是啊。”

一个二筒扔出去，吴明希用手肘拱了拱我，“怎么样啊，看了一晚上了，学会没有啊。”

“没学会啊，我这么看哪能看得懂！”我茫然地将视线从电视剧上转移到麻将桌上。

“哎，其实麻将有个公式……”吴明希舔了舔嘴唇，“是什么来着……袁智新你知道那个公式吗，就是怎样怎样就和了那个？”

“我不知道啊，”袁智新快乐地回答道，“反正各地的麻将都不太一样。”

我又将视线转回电脑屏幕上，手无意识地搜索着薯片，“那看来你也不是很会搓麻将嘛。”

马裴招呼我道：“那你得过来看啊，学麻将都是看着看着就会了，你连麻将都不会搓，这是国粹啊！”

爽快地吞云吐雾了一会儿，康成也转过头来，“就是，不会麻将和卖国贼有什么区别？”

“林黛玉都会搓骨牌呢！”袁智新快活极了。

“那林黛玉还会骂脏话呢，你大爷的！”我真是受不了他们。

闹腾了一夜，我们带去的啤酒、香槟、红酒也所剩无几，袁智新的女朋友开始起身给我们做咖啡，我也从沙发上站起来伸了伸懒腰，“哎，我们什么时候散啊，好困啊。”

“哎呀，年轻人！吃过午饭再走啊！”

康成顶替了袁智新女朋友的位置，开始了新一轮的牌局，“就是，急什么，你回去也没事做。”

闻言，我立刻又瘫倒在沙发上，打开了一部新的电影和一罐新的可乐。

中午我们一群人出门去常去的日料店吃饭，正说笑着，眼尖的马裴看见了马路对面的钱江。袁智新立刻取笑道：“哎呀，昨天他没来，还以为他回国结婚去了呢，没想到还在这儿啊。”

我们也跟着笑作一团，空气里充满了快活的味道。

待钱江走近时，我们才发现，中年大叔的脸上满是生无可恋的泪痕。

炸虾天妇罗和彩虹寿司就摆在我面前散发着香气，但此时我又不好意思动筷子，钱江接过袁智新递过的纸巾，昂了昂他倔强的脑袋，“我有什么错，唐唐竟然不愿意和我结婚？！”

“唐嫣啊？”我开了一个不合时宜的玩笑，因此被康成在桌底下踹了一脚，于是我立刻闭嘴了。看来还是同样失恋的朋友更能体谅彼此。

“她明明和我那么好，唐唐是个好女孩，我也很喜欢她，她……她都收了我买给她的礼物了，还跟我拍照，又是我大姨介绍给我的相亲对象，那还能有错？我们不都是奔着结婚去的吗？”

我们互相看了对方几眼，我疑惑道：“不是，你问过她没有啊，问过她想和你结婚了吗？”

“那还用得着问吗？她愿意和我吃饭，愿意和我拍照，还收了我东西，又是我大姨介绍的相亲对象，不是要结婚的是什么，不过是早晚的事情而已。”钱江不服气地扁了扁嘴。

“根据我个人的经验，谈恋爱和结婚，其实并不是一回事。”快乐的袁智新慎重地考虑着用词。

人到中年的钱江像个追女仔不成功的愣头青一样，微张着嘴，茫然而不敢置信地看着我们，大家一时无话，我赶紧低下头看着眼前的炸虾天妇罗。“咳咳，”康成咳嗽了一下，大家都抬起头来看着他，他抱着双臂，左右转了转脖子，“嗯……根据我的经验，恋爱和结婚确实不是一回事，所以……老钱，一直以来非常渴望结婚的人……是你吧？”

“结婚……我想结婚有错吗？”钱江用力擦了擦脸，低着头看着桌面，他微秃的脑袋此刻看起来格外显眼，我们趁着他低头互相使了几个眼色，吴明希便语气温和地劝道：“你不要着急，也许她没有不想和你结婚呢？也许只是现在不想结婚呢？毕竟……毕竟结婚可是大事啊。”

“是啊，是啊，你肯定会结婚的。”我们三言两语地说着劝慰的话。

“我已经三十多了，和我同龄的人早就结婚了，孩子都抱俩了，快点结婚有什么错？唐唐年纪也不小了，我提醒过她的，说过好几次了，她怎么就不懂，她这个年纪不是可以再拖的年纪了！”钱江抬起头来喝了一大口水，“这次……这次我也要冲冲喜，她怎么就不愿意，说我……说我……强人所难？”

“为了冲喜就要一个女孩子和你结婚，以我的经验来说，确实有点强人所难。”我终于忍不住动起筷子来，大家见我动了，纷纷松了口气跟着吃起来。

“冲喜……可能你们那儿不兴这些，但是我让她冲喜，其实等于给她脸。再说了，唐唐明年就二十八了，二十八还不结婚，等到三十那不是丢人现眼？我就算不是为了我自己，也是为了她，这是为她打算啊！”钱江眼疾手快夹了一个虎皮寿司塞进嘴里，“正所谓成家立业，男人要先成家再立业哇！我成个家对谁都好，男子汉大丈夫的，无家便无国，无家哪有根！

“我真心实意关心她，她反倒不懂了。花言巧语说再多又有什么用，说什么多相处，换作别的男人，最后不娶她，那不是竹篮打水一场空？我现在愿意娶她，她倒不乐意了，还是不懂事。

“人都说，不以结婚为目的的谈恋爱就是耍流氓。我这种老实人，想尽快结婚，她又不肯了，最后说来说去，这个社会欺负我们这些老实人哇！”

我们边吃边听他滔滔不绝地诉说着自己的委屈：他钱江是怎样的一朵白莲花，怎样的老实忠厚，世间少有；他是怎样地为那个女孩考虑，怎样地负责任。但唐唐负他，社会负他，人心不古，这样下去，早晚“国将不国”。

“可是，”我将最后一个彩虹寿司咽下去，“说到底，你还是没有问过她的意见啊，你没有问她愿不愿意和你结婚。”

“哎呀，”尽情宣泄过后的钱江也大口吞咽了起来，“我一早不就说过了，你怎么不明白呢？她是我大姨介绍给我的相亲对象，又和我吃饭、拍照了，本来就是要结婚的哇！”

“那……那根本就不是真正的女朋友啊，不成了你脑海中的女朋友了吗？”

康成边吃边一脚踹了过来，我便闭嘴专心吃东西，再也不说话了。

夏天已经正式到来了，钱江还在纪念他逝去的爱情，他有时纪念分手多少多少天，有时拿出一些小物来睹物思人，恨不得要挨个过头七。

也算是分手分得别出心裁了。

在我们投入到忙碌的新学期时，舒扬吟游欧洲越走越远，跑到了东欧的边界，再跑就只能去俄罗斯了。

他感慨东欧民风淳朴，物价平稳，女人漂亮，孩子可爱，要不是他心系家国社稷，要成为顶天立地的男子汉大丈夫，要做出一番成就来，恨不得就此浪子回头，在东欧结婚，从此老婆孩子热炕头，泯灭了英雄梦。

“他有病，他真的有病。”吴明希说。

“我傻，真的傻，单知道那数学难过，不知道物理更加难过，是要吃人的……”袁智新说，“他不回来也好，不要受这样的苦。”

在我们各自烦恼着各自的烦恼时，郭众环又有了新的学妹，他有很多正当的理由和学妹同进同出，有时候还会一起去买许多吃的，给我们分发一番。他们聊天，日夜勤勉于功课，激烈地进行着小组讨论，不得不说，确实是非常正当的学妹与学长的关系呢。

有一次，我抱着材料回家时，远远地看见吴明希和郭众环在争执，只听见吴明希高声嚷了一句，“你以为你自己是谁？凭什么这样对我！”

也听见郭众环回了一句，“我叫郭众环，当然要众星环绕了！”

生活还是在继续，我们成日里忙着写作业，准备考试，钱江仍然在渴望着结婚，康成又跑去了法国和西班牙，继续他的红酒牛排，王起超很少来学校，闲闲地混着顺便伤感他又一次不成功的恋爱，吴明希和郭众环看起来还是一对恩爱情侣。

八月到来，我们结束了兵荒马乱的考试季，这个偏北的工业城市，也到了一年中最热的时节，舒扬不知道从哪个犄角旮旯里回来了，袁智新连忙将大家都叫出来喝酒。

夜晚的街心公园依旧热闹着，有轨电车间隔着驶过，有散步的居民、玩滑板的青少年和追逐笑闹的小孩子们。

各色的鸡尾酒摆满了一长桌，切成小块的比萨、塑料盘分装好的意面、薄片的火腿都依次叠放着。舒扬显然盛装打扮了一番，发蜡喷得仿佛也格外多，保持着一种微妙的蓬松，随着他说话的幅度一起微微颤动，看起来就像一位十九世纪的上海小开[①]。

“你们真的都应该出去走走，外面的世界太大太精彩了！我们年轻人不该拘泥于一方天地，”他兴奋地说着，“改变了我很多，我找到了为之奋斗的目标，想做实业。”

---

① 吴方言，名词，富二代。

“创业？”马裴边吃边不太确定地问道。

“比创业更深一层，一种理念，从更深处去创造些什么，更宏大的视角……”

王起超眨了眨眼睛，看向舒扬，“你知道自己降级了吗？”

“我们的视角要更加……”舒扬愣了愣，疑惑地看向王起超，“什么？什么叫降级？”

“就是你不能升入研二啊，因为你实验课没过。”我们和他解释道。

“凭什么，”舒扬显然有些大惊失色，差点碰倒了他的鸡尾酒杯，又把手里的炸虾串胡乱地扔在盘子里，“我应该和你们一起升入研二啊，研一的课只要补考合格就行了。”

“不，你没法选研二的课，因为你没过主课，系统就无法让你选新的课，也就是降级了。”马裴耐心地解释道。

“怎么，”吴明希也很惊讶，“你难道不知道吗？我们还以为你知道呢。”

“我……我不知道啊……”

“那……也没什么，要是那物理不过，一样不能毕业。”袁智新有点微醺了，“就说那物理，那么难，一道题解七页纸，要是让我过了，我出去浪一年也愿意！”

钱江高举着手机，靠近袁智新，“来吧，来合个照吧，物理不过二人组。”

“我，”王起超连忙跑过去，“我也没过。”

这个场景莫名地熟悉，让我觉得，时间一天天过去，我们却陷入同样的困境中，总是在经历同样的事情。

散场后，吴明希要回郭众环家，王起超和钱江一路，舒扬又暗自神伤去了，只留下我和袁智新在等车。

夏日的晚风一吹，人也清醒了不少，我喃喃道：“你看，一个问题解决了，马上就会有新的问题冒出来，我们怎样也不会有什么真正的生活了，只不过是在机械而疲惫地应付着一个又一个问题罢了。”

“钱江想结婚结不了，舒扬想做出大事业结果降级，我过了数学过不了物理，吴明希想和郭众环好好的，郭众环却永远在出轨……”

他还没说完，我便打断了他，“什么，郭众环永远在出轨？第二个学妹的事情……不也……不也过去了吗？”

“过去了？”袁智新皱眉看着我，“当然还会有新的啊，想出轨的人啊，心里永远都有一股劲，除非世界上的女人死绝了，只剩下她吴明希一个人，不然总是会不断出轨的啊。”

“你的意思是现在郭众环又有了第三个……”

“谁知道是第几个。”袁智新冷哼一声，嘴角往上扯了扯，显出不屑的神情来，“吴明希天生软弱，不然怎么就离不开郭众环呢？郭众环也是自欺欺人，做得那么明显了，看着都可笑，还想给自己立牌坊。”

我想说些什么，又觉得无法开口，只得徒劳地盯着公交车站台上的信息屏，“那你早就知道了这些，却没有告诉吴明希吗？”

“为什么要告诉她，她不是觉得我们只是同学而已吗？她不是要划清界限吗？那就如她所愿吧。”

好像又走回了同样的轨迹，好像又不太一样了。

这一晚，舒扬在朋友圈发表了一首新诗：

我们孤独求索
我们独自上路
我们肩负重担
我们隐忍不发
我们都是独行的朝圣者

将手机扔去一旁，我听到楼下冰淇淋店的关门声、小公园里情侣的谈话声、路过的汽车引擎声，重重地摔在床上，想着，不知道人生是否也像历史一样，螺旋着上升。

我们总是在经历同样的事情，遭遇相似的困境，人生真的在往前走吗？真的会变得更好吗？还是如同西西弗斯，如同一个莫比乌斯环呢？

那么我们，就在舒扬那不成调的诗篇中，结束今夜吧，做一个独行的朝圣者。

后记：捕蝶网 

如果你看了我写在最前面的前言，那你就会知道，其实我是刚写完前言，现在就在写后记来着。

在前言中，我讲述了自己在2016年时的一些生活境况、我人生中的种种困境，最后得出了一个结论：没有什么所谓的“真正的生活”，我的生活就是困境本身。现在，我想你已经阅读完了全书的篇章，阅读完了那些我从庸常生活中捕捉到的吉光片羽，我们可以来谈一谈别的了。

王小波在《一只特立独行的猪》里面说道：“生活方式像一个漫长的故事，或者像一座使人迷失的迷宫。任何一种负面的生活方式都有很多乱七八糟的细节，使它变得很有趣，人就在这种趣味中沉沦下去，从根本上忘记这种生活需要改变。”

我无疑是个非常擅长在乱七八糟的生活中寻找各种乱

七八糟的乐趣的人，然后从根本上忘记了这种生活是需要做出改变的。用我同学的话来说便是，我是那个会在一堆饼干中选棋盘饼干的人（一种两色交替方块状烘焙的饼干），因为没见过，所以一定要吃一下，在无关紧要、细枝末节中，充满了不合时宜的好奇心与探索精神。

如同我在前言中所说的那样，很长一段时间里，我觉得我的人生已经过期了，那是一种有别于“温水煮青蛙”和“需要走出舒适区”的状态，那是一种“我在等公交车，可是别人都走了，我却一直没能上车”的感觉。

当这种感觉愈演愈烈，无论如何无法在内心深处忽略的时候，生活偏偏又进入到了我最喜欢的阶段——当时留学生涯已经进入尾声，同学成为了挚友，周遭的一切都既亲切又熟悉：家门口咖啡店的小哥常常送我 Cappuccino 喝；比萨店的埃及老板次次给我配好冰可乐；蔬果店我一踏进门，老板就知道我要买樱桃；短短的一条街，好像任意敲响一扇门，里面都会有一张熟悉的笑脸在等待着我。旧的故事业已完成，新的故事却还没有开始，未来停泊在船坞等待着扬帆起航，我不知道会遇到什么，但总之充满了希望，而眼下的时光，既快乐又安心，简直像从某个平行世界里偷来的，可为什么我总觉得这样的生活过期了呢？

当我修满了学分准备毕业期间，翻看路易·康的作品集，里面有两句话是这样说的："存在于事物间的美，首先是让人惊讶，然后才是认识，最后是对美的表现。""秩序并不意味着美，同样的秩序创造了侏儒和阿多尼斯。设计不是制造美，美来自于选择、共鸣、结合、热爱。"

我想你们应当明白我要表达什么了吧，短短的两句话便是我追寻已久的答案，人首先应当了解和认识自己，这固然很困难，但每多认识自己一分，就可以多活出一分真实的自己。看似我过着符合秩序的生活，等待着我去完成的事情我都已经完成，似乎我只消走出舒适区（假如我人生中真的有舒适区）抑或赶紧踏上新旅程，一定会拥有光明的前途，不，我随波逐流得未免太久，从未做出真正属于自己的选择，也自然没有真正的希望和未来。

你捕过蝴蝶吗？最常见的白色的菜粉蝶，学名叫纹白蝶（Pieris rapae），会出现在南方的花园中，以花蜜为食，捕获它们并不困难，你只需要一根竹竿、一个铁圈以及一片白色的网纱，制作一个小小的捕蝶网即可。

现在我将这根捕蝶网送给你，它可以用来捕获蝴蝶与梦境，而我要出发去创造一个花园了。

2019年2月17日